舞面真面與面具少女

野崎まど

輕
文學
Light Literature

目　　　錄

十二月 二十四日 4

十二月 二十五日 41

十二月 二十六日 95

十二月 二十八日 128

十二月 二十九・三十・三十一日 158

一月 十日 203

一月 十二日 240

十二月二十四日

1

下公車之後，他已經走了十五分鐘。

蜿蜒的山路車道雖然平緩，卻一路都是向上的坡道。道路的左右兩側都被蒼鬱的茂密樹林遮蓋了視線，無論是剛才走過的下方道路，還是接下來要前往的上方道路都看不到盡頭。唯一能看見的，就只有冷冽冬日的夕暮天空。

舞面真面重新揹好肩上的波士頓包，裡頭裝著換洗衣物跟筆記型電腦。電腦是便於攜帶的款式，重量大概不到一公斤。考慮到可以洗衣服，因此換洗衣物也沒有帶太多件。即使如此，對於平常就不會帶多少東西出門的他來說，這樣的重量也已經夠他受的了。

在這十五分鐘裡，一台車都沒有經過這個地方。這個遠離省道的山路前方，就只有一幢氣派的私人宅邸而已。換句話說，這條路幾乎可以說是那戶人家的私有道路，通常除了要前往那裡的車，以及從那裡開出來的車之外，不會有其他車輛途經這裡。

真面心想，為什麼要住在這麼不方便的地方呢？想買個東西就必須開車下山。就算特地下山了，附近也只有幾間大型超市零星座落在省道旁，如果想買日常用品以外的東西，還要到幾公里遠的城鎮才行。即使現代網路及線上購物都很普遍，便利性還是太低。

但他馬上換了一個想法。因為他想到住在這麼不方便的地方的理由了。

理由之一，是沒必要去買東西。現在正要前往的那棟宅邸有聘請幫傭，家主幾乎不需要親自去採買，要對那些人談論便利性也是白搭。

另一個理由就更單純了。只是因為「以前就住在那裡」。

那幢宅邸在戰前就蓋好了。是由真面已經過世的曾祖父興建，現在則是叔叔一家人住在那裡。不，說到頭來，也不只那幢宅邸而已。此時正在走的這座小山——連根山的所有權原本也是在曾祖父手中。現在無論是山還是宅邸，全都是繼承遺產的叔叔所持有。

真面想起幾年沒見的親戚。

叔叔舞面影面是父親的弟弟。真面的父親在他還小的時候就過世了，在那之後就受到叔叔多方照顧。話雖如此，在父親過世時領到的一大筆壽險，就足以讓真面跟母親兩人過著不愁吃穿的生活，因此至今的生活也都不需要特別仰賴叔叔的援助。

所以真面跟叔叔之間也不是比一般親戚更親密的關係，平常沒什麼事的話，可能好幾年都不會碰面。實際上，他也已經五年沒見到叔叔了。

這樣關係有些疏遠的叔叔，前幾天久違地打了一通電話給他。問著「過得好嗎」之類，閒聊了兩句後，叔叔說道：

「我有件事想拜託你。」

真面聽他接著問「年底可以過來一趟嗎？」的時候感到有些困惑。這還是叔叔第一次有事要拜託他。

真面思索起年底到年初的計畫。雖然還是學生，但也不見得就會很閒。今年進到工學系研究所就讀的真面，每天都忙著進行論文的前置實驗。到了年底，原本也是打算除夕那天才要回老家。所以說真的，並不是很想來到位於鄉下深山裡的叔叔家。

但也確實受過叔叔許多照顧。像在舉辦父親的法會時，他替不熟悉這些事情的母親代為處理流程上的細節，每當逢年過節也都會贈送昂貴的禮品。

何況叔叔幾乎沒有主動拜託過什麼事情，若是隨便拒絕也會覺得過意不去。而且，電話另一頭的叔叔聽起來話中有話。這也令人有些在意。

結果真面做了幾個妥協，相對地就答應了叔叔的請託，現在才會自己一個人帶著行囊走在通往叔叔居住宅邸的，綠意盎然的山路上。

這時，真面聽見一陣機械聲。那是有段時間沒聽到的汽車行進聲。回過頭便看見一台車子正開上坡道來。那是一台白色休旅車，外觀看起來有些許斑駁，感覺已經開很多年了。

車子悠悠地通過停下腳步的真面身旁，超過他的時候，他朝著駕駛座看了一眼，確認在車上的是一位沒有見過面的男子。看來應該是要前往叔叔宅邸的客人。真面惋惜地想著：如果是宅邸的人就可以請對方載自己一程，因而增添了無謂的疲勞感。

2

被車子超過去之後，又走了十分鐘的路程，這才終於看見應該是目的地的場所。

但首先映入眼簾的是跟身高差不多的石牆，以及圍繞在那上頭，經過精心整枝的樹籬。這只是在叔叔的宅邸外頭環繞一圈的石牆起點。

圍牆內側矗立著好幾棵大樹，看起來宛如一處巨大的武家豪宅。真面以前也來過這裡，但久違一看，便再次對這遼闊的程度感到驚訝。這種事情要在對社會的平均值有了概念之後，才會更加覺得驚訝。

宅邸的大門位在距離石牆起點要走五十公尺左右的地方。由檜木跟瓦片做成的那扇氣派大門上掛著「舞面」的門牌。整體看起來古色古香的入口處，唯獨那台黑色的對講機顯得格外突兀。

真面按下電鈴之後過了幾秒，伴隨細細的雜訊就傳來女性應答著「來了～」的聲音。

「不好意思，我是從東京過來的真面。」

『啊，是的。啊啊，是的。是是是，有聽說您會來訪～』

擴音器傳來的聲音，給出像是擴音器壞掉一般的回答。或許對方患有腦中一想到什麼就會脫口說出「是」的毛病。真面覺得這樣活著還真辛苦。

等了一下之後，敞開的並非正面的大門，而是在對講機旁可供通行的小門。從裡頭走出來的是一位二十歲左右的年輕女性。她外表給人的感覺比真面還要年輕。大概是因為這樣，見她穿著老氣的日式圍裙，看起來和年紀的反差很大。

「辛苦您了～來到這裡想必路途遙遠吧。非常抱歉，沒能前去迎接您。那麼，請進吧，啊！您的行囊！您的行囊就由我……」

看樣子應該是宅邸幫傭的女性，雙眼寄宿著非得幫客人拿東西的強烈使命感，伸出雙手就進逼而來。這讓真面不禁後退了一點。

「不，沒關係。請別在意。」

「是這樣嗎？」

「嗯。」

「還是我幫您拿吧？」

看樣子是個固執的人。真面伸出單手對她說著「麻煩帶路」之後，她這才心不甘情不願地向前走去。

穿過通行的小門，眼前就是一片日式造景的庭園。在乾淨漂亮的石板路旁立著感覺沉甸甸的石燈籠，在稍遠的地方可以看見遼闊的池子。真面回想起小時候造訪這裡時曾經落入那片池子的事情，覺得自己就要被鯉魚吃掉而亡的念頭還記憶猶新。

走在前面的女性幫傭回頭瞥了一眼真面的包包。她似乎還是很想幫忙拿，感覺就跟土狼一樣。

石板路走到盡頭的地方，宅邸的本宅以威嚴的姿態迎接了真面。幫傭拉開玄關的拉門，並請真面入內。橙色的燈光濛濛照亮了木造的室內。

一踏進玄關，老房子的氣味便撲鼻而來。真面來到這裡的次數分明屈指可數，內心卻也湧上了一絲懷念。

3

真面被帶到深處的會客室。比六坪再大一點的會客室以拉門和其他房間隔開，而透過另一側敞開的障子門，可以看見經人精心照料的中庭。

真面看著一幅擺飾在凹間的裱框書法，大膽的筆跡看得出來是在寫一個漢字，但看不出來寫的究竟是什麼。真面暗忖著，無法傳達出情報的文字，是有意義的嗎？以視覺上來說，是可以預測到包含了超出文字本身的情報。但如此一來，就必須附上解讀用的說明書才行。

真面的行囊已經不在自己的手邊了。剛才被帶來會客室的時候，才在坐墊上坐下而已，轉瞬間就被幫傭趁機搶走了。她奪到行囊的時候，還不小心趁勢說了「好耶」。真面覺得這已經不是在幫忙了。

稍微等了一下之後，感覺有人從走廊過來。現身在障子門前方的是一位身穿和服的女性。她是嬸嬸舞面鏡。

「鏡嬸嬸。」

真面微微低頭示意。

「哎呀……」舞面鏡發出一聲感嘆。

「真面，好久不見……真的許久不見了……」

鏡這麼說著，便瞇細了眼，溫和地露出微笑。

同樣有五年沒見到嬸嬸了。最後一次見面時，是前來通知他們考上大學的事情，因此那時的真面還是個高中生。在那之後，念大學的四年期間，他一次都沒有再造訪過這間宅邸。

舞面鏡走到桌子的另一邊，在真面的面前坐下。鏡應該已經年過四十了，但她高雅的容貌還是讓人看不出年紀。不過真面並不擅長看出女性臉蛋上的細微差異，他只是抱持著「嬸嬸還是一樣很漂亮」這般可有可無的感想。

「真抱歉呀，還讓你走了那段山路。」鏡感覺很抱歉地說：「你應該累了吧？」

「不，沒事的。」

「其實是想開車去接你的，但丈夫還在工作……我也不會開車……」

這時，剛才那位幫傭拿著托盤前來。她在真面和鏡的面前各放了一只茶杯之後，稍微行了一禮便緩緩退下。鏡循著幫傭離開的方向看去，開口說道：

「而且那孩子也不會開車。」

「我還是頭一次看到那一位，是新來的嗎？」

「是啊，熊小姐。」

「熊小姐？」

「我們都叫她熊小姐。姓熊佳，名苗。」

「真是奇怪的名字呢。」

「這倒是彼此彼此吧。」

鏡掛著微笑這麼說。那倒是沒錯。

「她是夏天來的，但好像還沒習慣這份工作。對了，一直在我們家服務的桂先生啊，前陣子傷到腰了。現在家裡沒有會開車的幫傭，所以當丈夫不在的時候，就沒辦法開車接送……水面也快要回來了，我之前就跟她說只好搭公車上山。」

「水面也是嗎？」

「是啊。真面，你也有五年沒見到水面了吧？」

「嗯，自從上次我來這裡之後，有五年沒見了呢。」

「她也很期待可以見到你喔。」

舞面水面。

她是這一家的獨生女，跟真面是堂兄妹的關係。之前有聽說她考上東京的大學，現在應該是離開父母身邊，自己一個人外宿才是。年紀比真面小一歲，順利升學的話，現在應該是大四的學生了吧。跟理組的真面不同，印象中文組的水面應該是就讀跟社會學還民俗學這方面的科系。

「真面。」

鏡對陷入沉思的真面喚了一聲。

「那個……今天丈夫回來之後，應該會拜託你一件事。還是說，你已經聽他講過了？」

「不，還沒。我只是聽他說有事情要商量，但沒有提及詳情。」

「這樣啊……那個……雖然我也太不清楚……」

鏡露出了憂愁的神色。

「但你不介意的話，我希望你可以盡量聽聽丈夫想商量的事。」

鏡盯著真面看，眼神中透露著不安。這讓真面的內心有些困惑，卻還是佯裝平靜。

「那是當然，而且我也正是為此而前來的嘛。確實是端看商量的內容而定……不過只要是在我的能力範圍內，就會盡力完成。」

聽到這番回答的鏡，露出了放心的笑容。

儘管真面覺得有些坐立難安，他還是拿起茶杯喝了一口。可惜的是，裡面盛的是紅茶。

4

替真面準備的房間是一間四坪大的和室。住在宅邸的這段期間，這就是他私人的房間。

茶色牆壁圍繞起的這個房間一隅，擺放了一張舊式的書桌，真面覺得很像以前文豪的房間。

真面的行囊已經拿來放在房間的正中央了。看來那位猶如土狼的幫傭，再怎麼說也不會將東西帶回自己族群的樣子。

真面馬上拿出筆記型電腦並開機，接著插入ＵＳＢ隨身碟，一心想立刻確認能不能進行通訊連線。畢竟位處深山，先前還滿擔心的，但看樣子通訊狀態沒有問題。而且還聽說這間宅邸有無線網路的設備，不過嬸嬸看起來不太清楚，他打算等叔叔回來之後再問看看。

既然確保了通訊，他也鬆一口氣，接著才從包包裡拿出一些資料。那是來到這裡之前，先在大學影印好的論文。雖然這也不是急著要看的東西，只是至少想在回去之前大致上看過一眼。說起來就像小說的替代品。

將筆電推到書桌的角落之後，真面就將論文攤在桌上。讀著讀著，也遙想起研究室的事情。

要做的實驗已經拜託朋友蒔田代為進行，首先就不必擔心這點了。蒔田當然也有他自己的實驗要做，但跟真面不同，個性比較無憂無慮的他明言了「念研究所的第一年是拿來悠哉思索未來展望的時期」這種話，就算待在研究室裡，與其說他在做實驗，不如說只是在玩，因此最適合拜託他幫忙了。即使如此，回去之後還是要感謝他的幫忙。真面心想：請他吃頓飯應該就足夠了吧。他搞不好還會吵著要人請喝酒，可惜的是真面幾乎滴酒不沾。蒔田自然也明白這一點，只是更令人遺憾的是，蒔田應該會不管三七二十一依舊吵著要喝。這一幕實在不難想像。

想著或許只能妥協陪他喝酒的時候，就感覺到房外似乎有人靠近。

『真面。』

障子門的另一側傳來這道話聲。

「是的。」

『我可以進去嗎？』

「請進。」

障子門順順地滑開了。

站在眼前的是一位穿著黑色洋裝，有著一頭美麗黑髮的女性。她對真面投以微笑，真面也被牽引著點頭示意。

但看到真面點頭的舉動，那名女性睜大雙眼，高喊了一聲「哎呀！」

接著還直接走進房間裡，將坐在書桌前的真面從頭到腳端詳了一番。

「看來你忘記我了呢。」

「……水面？」

「沒錯，我是水面！」

舞面水面尖聲應道，接著就當場輕輕坐下來。黑色洋裝的裙襬就跟童話故事中的角色一樣擴散開來，在和室中央形成一片黑色沼澤。舞面水面就在那片沼澤的中心，對著真面露出人偶一般不帶溫度的笑容。

「好久不見了，哥哥。」

「好久不見呢，水面。」

真面覺得背脊一涼，卻還是佯裝平靜地回應她：

「是啊，時隔五年了。這是時隔五年的重逢。然而……哥哥卻……」

「抱歉，我完全沒有認出妳。」

說真的，何止完全沒有認出來，真面現在也還沒認出她就是水面。不過是透過嬸嬸說過的話，並在腦海中列出可能會出現在這棟宅邸的人，再加上現場狀況才判斷出這個女生應該是水面而已。

「哥哥……五年確實是一段很長的時間。這點是沒錯。但是，即使如此喔。過了五年你就忘記我了嗎？」

「不，我也不是忘記妳啦。」

「不然怎麼會認不出是我呢？」

「我還以為是別人嘛。因為妳變得太漂亮了……」

真面辯解般這麼說著，水面便睜圓了眼。她一雙大眼先是眨了一下，這才露出跟方才那樣人偶般的笑容截然不同的柔和微笑。

「那就原諒你吧。」

「……謝謝喔。」

水面「呵呵」地笑了兩聲。那個笑容真的很美麗。真面也從小小的緊張感中得到解放。

時隔五年見到的舞面水面，比起真面記憶中的水面還要成長了很多。

之前見到水面時，她還是高中生。當時的她，不愧是有接受過好人家的教育，行為舉止都已經是個大小姐了。但就算是大小姐，依然是個十七歲的高中生，行動中還是能看出一點稚氣。

然而這時坐在眼前的水面，已經成長為一位好人家的千金小姐了。她的面容確實很美麗。她從小就是個漂亮的孩子，但比起這點，現在她的表情很是美麗。柔和地露出微笑的水面，讓人難以想像其實年紀比真面小。聽說她在東京的大學念書，還以為會稍微世故一些，卻跟想像中的完全相反。

面對堂妹無疑成長為美人的臉蛋，真面不禁盯著端詳起來。感覺到這點的水面露出困惑的表情像在反問，這才讓真面回過神來。

「怎麼了嗎，哥哥？我有哪裡不對勁嗎？」

「不，沒事啦。」

「剛才那句話，你要再對我說一次也可以喔。」

「這倒不必了。」

「呵呵……但還真沒想到……哥哥竟然會對我說這種話……你也有點改變了嗎？」

「妳才變得更多吧。」

「這句話我就當作讚美收下了。」

實際上這的確也是一番讚美，但不知道她是怎麼解讀的。跟女性對話真的好難。

真面心想，如果可以像入射角跟折射角一樣，可以循著明確的規則給出應答就好了。

「但是，哥哥。你為什麼突然來我們家呢？之前聽說你升學念研究所，大學那邊不是很忙碌嗎？」

「也沒有忙成那樣就是了，但是叔叔找我過來這裡的。他好像有事要託我處理。」

水面用手掩著嘴，驚呼了一聲「哎呀」。

「我也是呢。」

「妳也是？水面，妳不只是單純回老家而已嗎？」

「嗯，是沒錯。但我其實本來打算晚個幾天才要回來。雖然大學現在放寒假了，但研討會還有事情要處理。結果爸爸就跟我聯絡，說有事情想拜託我，看能不能早點回來……」

「原來如此，狀況跟我一樣。」

「就是啊。而且……」

水面隔了一拍才說：

「我聽說哥哥也會來，所以就趕緊解決那些事情回來了。」

水面這番話，雖然是她從小就會半開玩笑地說出口的那類台詞，但由現在的她來說可是破壞力十足。真面本來想機靈地回上一句，結果還是什麼話都沒說出口。

5

嵌在中庭的照明亮了起來。

冬日的太陽在不知不覺間就西沉了。現在的時間才剛過晚上六點，外頭卻已經被一片漆黑籠罩。

真面跟水面走在面向中庭的走廊上。走在前方的水面打開位在盡頭房間的障子門。那裡正是真面下午在跟鏡談話的那間六坪多的會客室。

裡頭還沒有其他人在。桌子的單側有幾張坐墊並排在一起，兩人便在那裡並肩坐下。

就在不久前，名叫熊的幫傭來叫他們。看樣子是叔叔下班回來了，他要兩人在這間會客室等候，似乎想在晚餐前先談談那件要請託的事。

「爸爸要拜託的事情究竟是什麼呢？」水面問道。

「我也沒有頭緒。」
「要拜託我跟哥哥的事情……一時之間也想不到呢。」
水面一臉沉思的模樣，看起來就跟懸疑劇演員一樣多少有點刻意誇大，但美女做起這種表情還是如詩如畫。
「真的想不透……不覺得有點雀躍嗎？」
「會不會是家族的事情啊？像是法會之類的。」
「哥哥，你也太沒想像力了。」水面露出鬧脾氣的表情。
兩人後來等了一下，會客室外頭就傳來招呼。
是幫傭的熊。但她沒有進到房間，而是說著「裡面請」，不知道在招呼誰進來。
這時進到會客室的是一位三十歲左右的男子。
穿著灰色西裝感覺有點駝背的男子，朝著兩人稍微點了頭，他們也坐著對他點頭回應。「啊，你們好。」男子這麼說著。真面不太明白現在究竟是怎麼回事。
穿西裝的男子在真面身旁的坐墊屈膝跪坐下來。靠近細看後就會發現他的西裝有些皺褶，下巴還留著一點鬍渣，整體看來是個邋遢的男人。
靠近一看男子的臉，真面這才倏地回想起來。他就是剛才開車追過真面的那個男人。

男子翻找了一下西裝內側的口袋，便拿出一個銀色的名片夾。

「初次見面。我是做這行的。」

真面接下了遞上來的名片。男子也同樣朝水面遞出名片。

上頭寫著「楠井調查服務股份有限公司 調查員 三隅秋三」。

「我叫三隅。」男子又輕輕點頭示意。「呃，你是——舞面真面對吧。然後那一位小姐是水面。」

自稱三隅的男子突然間就說中應該是第一次見面的兩人的名字。這讓他們不禁面面相覷。

「抱歉，我先前調查過了。」

「調查過？」

「嗯，這該說是事前調查好呢，還是備用調查好呢……總之調查就是我的工作，不進行調查就收不到錢。好歹我也是個調查員嘛。」

「調查員……是吧。」水面露出狐疑的表情。

「說得直白一點，就是偵探。」

聽見偵探二字，真面心中終於湧現出具體形象了。也就是在徵信社工作，進行外遇調查之類的那種偵探吧。然而……

「那個……偵探先生，你為什麼會來到這裡呢？」真面內心的疑問，由水面代為提出。

「喔，我啊，是受這間宅邸主人的委託前來。」

「爸爸的委託？」

「是的。呃，正確來說，還不算已經接到委託，而是等一下才要正式委託。現在正是來聽究竟要委託什麼事情。」

真面跟水面再次面面相覷。

也就是說，叔叔除了我們兩人，還向三隅這位偵探委託了某件事情。同時把三人都找來這裡，是不是代表要請三人處理的是同一件事情呢？真面心想，總覺得這種場景有在日本童話中看過，但他想到的是竹取物語，跟現在這個狀況微妙地不太一樣。

就在這時，傳來踩在榻榻米上的腳步聲。

水面身後的拉門靜靜地開啟。

真面的叔叔——舞面影面對真面他們三人的視線回以微笑。

身材纖瘦並穿著和服的舞面影面，看起來就像古時的作家一樣。從他斑駁的白髮就能感覺得出經營一間公司的辛勞。然而那對中年的影面來說既是一種風韻，也是魅力之一。

影面繞到隔著桌子的三人對面，並緩緩坐下。真面的坐姿直到方才也不算隨便，卻還是再次調正了自己的坐姿。而一旁的水面姿勢依然美麗。

「不好意思，讓你們久等了。」

影面先對三人致歉，接著就面向三隅。

「你就是調查員嗎？」

「是的。初次見面，我是三隅。」

三隅遞出了名片。

「嗯。是大木先生介紹給我的，聽說你們是間可以信賴的公司。」

「我們也受到大木先生的諸多關照。哎，雖然信用與否不是口頭說說就能作為保證，但只要是我能辦到的工作就會盡量做，辦不到的工作就會拒絕了。」

「這點很重要。」

影面露出苦笑。三隅看起來年紀比影面還要小很多，但他依然是那副自在的態度。無論好壞，都是個會讓人放下緊張感的男人。

「讓你迢迢來到這麼偏僻的地方真是抱歉。我也有想過到你們的辦公室去拜訪，但在這邊商談的話，各方面來說都比較快。」影面這麼說完，又轉而面對真面。「真面，你也是，謝謝你來這一趟。」

「不會。好久不見了。」真面向他點頭示意。

「別這樣說，我們彼此都沒有聯絡嘛。我也是在忙許多事情。」影面這麼說著，露出溫柔的微笑。

「爸爸。你都不對我說些什麼嗎？」水面佯裝若無其事地這麼說。

「妳夏天的時候也有回來吧。」

「有啊，那又怎麼樣？」水面刻意露出不解的神情回問。影面這才一臉放棄的樣子。

「歡迎妳回來。」

「呵呵。」

水面朝著她的爸爸露出天真的笑容。

「是說，爸爸。」水面收斂起做作的表情問道：「你要拜託的是什麼事呢？」

「真是個心急的傢伙啊……雖然我也是為此才把你們叫來的就是了。」

「那麼，就請你說吧。」

影面皺起了眉頭。雖然在公司是經營者的身分，看來在女兒面前，這樣的頭銜不具任何意義。

影面重拾心態，依序看向三人的臉。

「我先說一聲。」影面的聲音壓得比至今還要低沉一些。「我接下來要說的事情，希望你們盡量不要洩漏出去。」

真面覺得會客室裡的氣氛稍微沉重了一點。

「不過，我覺得這也不是什麼能對別人說的事情。啊，但這對三隅來說，應該是自不待言的吧。」

三隅聳了聳肩作為回應。既然從事偵探這個行業，當然會加強對於委託者的情報管理。

「我希望真面跟水面不要輕易說出去。」

影面這麼說，兩人也點頭以對。

「那麼，想拜託你們的事情，是關於我祖父的遺言。」

「你說的祖父是指……曾祖父嗎？」

水面這麼問了之後，影面點了點頭。

「唔嗯。」三隅稍微抬起了一點看起來垂下一半的眼皮。「說到你這位家主的祖父，就是舞面家的宗主，舞面財閥的舞面彼面對吧？」

真面朝著三隅瞥了一眼。除了家族以外，這還是他第一次遇見知道舞面彼面的人。

三隅以一句「就我所知來說」作為開場白，便侃侃道來。

舞面彼面。

他是真面與水面的曾祖父，也是在戰前以金融業為主體的事業締造成功的人物。

說穿了，舞面家從江戶時代開始，就是掌管連根山一帶的富農之家。但在進入明治時代之後，就沒有特別經營什麼事業，不過是那個區域的一介地主而已。

但到了明治後期，當時年屆弱冠的舞面彼面，以融資給曾有往來的企業的形式，成立了一間地區性的小銀行。這在當時被知名財閥旗下的銀行占據市場為常態的銀行業界來說，沒有背景還特地踏入這個圈子的決定，在他人看來是相當無謀……不，豈止無謀，甚至讓人覺得是一次無知的嘗試。

然而舞面家破格的發展便自此展開。

舞面彼面在反覆將其他企業合併、吸收、收購的過程中，接連擴大整體企業的規模。舞面家的事業除了銀行業之外，也開始朝著保險、信託部門發展，最後甚至連化學、重工業類的企業都納入旗下，達成多方面的複合式經營。開始被人私下稱作「舞面財閥」的時候，其實距離一開始成立銀行那時，才過了短短十年而已，發展的速度猶如神助。

然而，舞面財閥的企業規模即使已經成長到與其他財閥不相上下，其實體終究不是「財閥」。

財閥是指同族經營的企業體。舞面彼面將許多企業合併成集團之後，並不喜歡將那些企業的經營權指派給親族的人，因此沒有納入舞面家封閉的持有權底下。

之所以能讓舞面財閥凝聚成一個集團，仰賴的只有舞面彼面這個人卓越的經營手腕，以及他的領袖魅力而已。

而到了戰後，舞面財閥迎來重大的轉折。

那就是財閥解體。

根據駐日盟軍總司令的戰後政策，國內許多企業財閥不得已只好分散或解體。然而在那之後也因為政策鬆綁，許多企業再次集結，舊財閥底下的企業集團也在戰後重新編組在一起。

然而，構成舞面財閥的那些企業卻沒有再次集結。因為正當戰後面臨財閥解體之時，宗主舞面彼面因病身亡。

以舞面彼面這一個人為核心的舞面財閥，在他本人死後沒有再度集結，說起來也是理所當然的發展。集團內的企業在財閥解散之後也只有縮小規模一途，舞面之名也接連從企業名稱當中消失。

因為是這麼一個狀況特殊的財閥，到了現代還記得舞面財閥這個存在的人已經不多了。說到舞面財閥旗下現存的公司，就只剩下真面的叔叔舞面影面經營的建築公司——舞面建築這麼一間而已。

舞面財閥就是在宗主舞面彼面這一代建立起來，也在他那一代消失的，猶如海市蜃樓一般的財閥。

「比身為曾孫的我們還要清楚呢。」

水面開玩笑地說。

「因為我調查過了嘛。」三隅理所當然地這麼回答。「這點事情只要調查一下很快就會知道了。畢竟在解說財閥的書籍當中，一定會刊載到舞面財閥。說起來這算是任誰都能接觸到的情報。」

這麼說著，三隅對上了影面的視線。

「不過接下來要告訴我們的，似乎就不是這點程度的事情而已了呢。」

聽三隅這麼說，影面點頭表示肯定。

「我要說的，就是關於那個財閥宗主——舞面彼面的遺言。」

「你說遺言……」水面困惑地歪過了頭。「曾祖父在幾十年前就過世了喔，事到如今才要提起這麼久遠以前的遺言嗎？」

「我從頭說起好了。」

影面面向三人，鄭重其事地開口。

「舞面彼面在終戰後過了一年左右便過世了，那個時候舞面財閥還在。財閥解體政策是在那之後才開始具備效力，並直到舞面彼面死後又過了一年才實際解體。所以彼面過世的時候，他依然是一位大財閥的宗主。然而，舞面彼面幾乎沒有能稱作私人財產的東西。不，也不是真的一無所有的意思。像這座山就是彼面的資產，當然這棟宅邸也是。但這些都是在彼面創業之前就坐擁的東西。他身為財閥宗主，當然經手過許多大筆金錢流動，然而那些鉅款幾乎都不是他自己所有，通常都是經人管理的公司資產。因此當舞面彼面過世時，我父親繼承的遺產就只有山、宅邸以及些許現金，如此而已。」

三隅「唔嗯」地應了一聲。

「以一介農家的遺產看來實在過於龐大，然而以一位財閥宗主的遺產看來，確實有些唏噓呢。」

三隅的這番話滿失禮的，但影面也只是苦笑以對。

「所有彼面的親戚們應該都是抱持這樣的想法吧。然而當時沒有留下什麼像樣的遺言，結果遺產也只是將連根山及這附近的一點土地分一分就結束的樣子。由於老爸算是本家，因此山跟宅邸都繼承下來了就是。」

「等等？」真面發現了某件事情。「也就是說，彼面先生沒有留下遺言嗎？」

「有留下遺言。」

「咦？」真面感到困惑。「但根據剛才說的那番話，應該沒有遺言才是？」

「沒有『像樣的』遺言。然而，卻有『不像遺言』的遺言。」

真面與水面愣在原地。

「爸爸，這是什麼意思？」

「直接給你們看比較快吧。」

影面這麼說完，就從和服內側拿出一封褪色的信件。

至今在討論的東西突然出現眼前，讓三人都稍微嚇了一跳。那就是舞面彼面的遺言嗎？那就是締造一代風華的舞面財閥宗主，在這世上留下的最後一番話。

比一般茶色信封再大了一圈左右的信件，看起來有些斑駁。紙張整體都變成黃色，感覺就像會擺在博物館裡的那種東西。

影面打開摺起的信封，並從中拿出一張信紙，將對摺兩次的紙張攤在桌上，真面他們便探出身子看向書面。只見上頭有一小段以漢字跟平假名交雜的文句，如此寫著

——

解開盒　解開石　解開面

美好之物就存在於此

在這段文句旁邊，有個紅色的印記。

一陣沉默之後，水面抬起臉來。

「爸爸，請問……這是什麼？」

「這就是舞面彼面留下來的遺書。」

「你說遺書……」水面為此感到困惑。真面跟三隅也露出類似的反應。

「這份書簡據說是舞面彼面本人在過世前一刻留下的東西。」影面開始進行說明：「在過世之前，彼面為了尋求可以對應財閥解體政策的方法而在全國各地奔波，卻在外縣市突然罹病倒下，就這麼離開了。據說這份書簡是他躺在當地病床上寫下來的。在彼面斷氣之後，這就包含在遺物中，寄到本家來了。我想，這個紅色印記一定是舞面彼面的印章。但也還沒經過確實的鑑定，目前無法斷言就是了。」

水面輕輕拿起放在桌上的書簡。要是動作太過粗魯，感覺那份老舊的書簡就會破掉。水面仔細端詳起拿到眼前看的那份書簡，但看得再久，也沒有浮現新的文句。

「爸爸，這個……光是這樣也完全搞不懂是什麼意思，簡直就像暗號一樣。」

「沒錯，我的父親跟親戚們也都跟妳一樣，完全搞不懂這是什麼意思。就算是親筆寫下的書簡，無法釐清箇中的含意也沒轍。最後這份遺書也沒人破解，就此收了起來。」

「也就是說……」三隅抬起臉來。

「這次的委託，就是希望我調查這份書簡嗎？」

「是的。三隅先生，我希望你盡可能調查出這份書簡的線索，並盡量解讀這段內容。這就是我想拜託你的工作。」

「原來如此。」

三隅認真盯著書簡看。

「感覺真有趣呢，尤其是第二行。」三隅指向書簡。「『美好之物就存在於此』啊。或許那個『美好之物』是指舞面彼面藏起來的真正的遺產，也就是莫大的寶藏。意思就是這樣吧？」

「或許吧。」影面笑著回答。

「爸爸，請等一下。」

水面介入了兩人之間的對話。

「我明白你是要委託偵探調查這份遺書了。那麼，我們又該做什麼才好呢？既然有專業人士處理，就沒有我跟哥哥登場的餘地了嘛。」

「我當然也有事想拜託你們。而且，希望三隅先生也能繼續聽我解釋下去。關於遺書的事情，還不只這樣而已。」

低頭看著書簡的三隅也抬起臉來。

影面重新交疊雙臂，看向水面。

「水面。」

「什麼事？」

「妳小時候常在山那邊的廣場玩吧。」

「咦？嗯。」突然提起小時候的事情，讓水面感到困惑不已。「我還記得。那裡什麼遊樂器材都沒有，就只是一片廣場而已。」

「那裡確實沒有什麼東西呢。」

「但是，那時我也還只是個小孩子。就算沒有什麼設施，也是玩得很開心。」水面輕聲笑了一下。「啊，不過那片廣場上確實有一個……」

水面這時驚覺。

「巨大的岩石……」

「沒錯。」

影面點了點頭。

「就是那個『體之石』。」

影面說出這個沒聽過的單詞。

「爸爸，那個岩石該不會是……」

水面感覺有些興奮。

「請問，那個體之石是什麼呢？」真面介入了這個提問。畢竟這是第一次聽見的單詞。

「從這間宅邸沿著坡道往下走一點的地方，有一處小小的廣場。」水面代為回答他的問題。「有一個正方形的大石頭，坐鎮在那個廣場的角落。那個岩石就叫作『體之石』。」

「『體之石』……」真面覆誦了一次這個詞。

「也就是說，那個體之石就是這份遺書上寫的那個『石』嗎？」三隅這麼問道。

「我不知道，現在還無法證實這一點，但確實有這樣的可能性。」

「會這麼說，是有什麼根據嗎？」

對於三隅的提問，影面點頭表示肯定。接著重新面向真面與水面。

「接下來就是想拜託你們的事了。」

兩人屏氣凝神地聽他說。影面垂下視線便開口：

「這是上上星期的事了。幫傭的熊小姐說要打掃，就進到宅邸的倉庫去。但很遺憾，打掃倉庫這件事似乎是失敗了……」

打掃是一件會失敗的事情嗎？真面雖然這麼想，還是默默地繼續聽下去。

「那時，她發現了一個奇妙的盒子。」

「盒子……」水面露出驚訝的表情。

「那是一個金屬製的盒子，是個六到七公分左右的立方體。但要說那是一個盒子，卻也沒有可以打開的蓋子。雖然金屬的部分都有相互契合，但不管怎麼弄都動彈不得，也完全打不開。而且盒子每一面都刻有神祕的圖樣。」

影面抬起頭來，看向真面與水面。

「我想拜託你們的，正是那個『盒』跟『石』。真面，你是念理工的吧？我想請你用科學角度調查看看那個金屬盒子。至於水面，我希望你能看看那個盒子的圖樣。這方面並非我的專攻領域，所以不太清楚，但我想說在大學念民俗學的妳，或許會對那個圖樣有些印象。放假的這段期間，能不能請你們協力調查看看那個盒子呢？」

真面與水面相互對視了一下。

然而兩人的情緒卻是各有高低。真面抱持著「是沒差」的心態看向水面，然而望過來的她卻是雙眼閃閃發亮的模樣，表情看起來就充滿期待而且躍躍欲試。這讓真面不禁覺得有些沉重，看來這件事應該要多花上一點時間了。

這時，會客室外頭傳來一聲招呼。隨著障子門開啟，幫傭的熊就走了進來。熊在影面身旁跪坐下來之後，便將抱在懷中的老舊木箱遞了出去。

影面將木箱放在桌上，打開蓋子，裡面放了一個用純黑布巾包起來的東西。影面接著伸手將那條布巾朝四方攤開。

「總之，就先給你們看看吧。」

出現在當中的，是一個紅褐色的金屬盒。

影面將它取了出來。那個盒子看起來小小的，感覺卻很有重量，是個邊長六公分左右的立方體。每一面以正方形的區塊分成九等份，乍看之下就像個金屬製的魔術方塊。一面當中有九個的小小四方塊上，刻有感覺無法解讀的神祕圖樣。

影面將盒子遞給坐在正前方的真面。

真面收了下來。坐在他身邊兩側的水面跟三隅也紛紛湊近著看。

他在手中翻轉著盒子觀察。像是個魔術方塊狀的盒子部件，仔細一看並不是完全分割開來的。那不是以二十六個個別的立方體組成，而是好幾個立方體嵌合在一起。也就是說，就像俄羅斯方塊的方塊那樣，以不同形狀的部件組合成一個盒子形狀。

影面將放在一旁的木箱蓋子翻了過來。

蓋子內側寫有幾個毛筆字，在那下面還有一個跟遺書上面相同的紅色印記。

「是彼面先生的印章！」水面睜大了眼睛。「所以，這個盒子果然就是……」

影面點頭表示肯定，並唸出寫在蓋子內側的毛筆字。

「這稱作『心之盒』。」

十二月二十五日

1

「哇啊，好懷念喔。」

水面一邊眺望著車道左右兩側的冬木走著。對真面來說，感覺只是一直看著相同的景色而已，但對於在這座山長大的水面來說，或許每一棵樹她都能分辨得出來。

在聽舞面影面說了那件事的隔天。

真面、水面、三隅三人並肩走在車道上。昨天真面為了前往宅邸才爬上來的坡道，今天則要步步向下走去。

「那裡沒有多遠，很快就會到了。」水面對兩人這麼說。

真面他們現在正前往據說位於宅邸前方坡道下的廣場。若是開車過去，不到五分鐘的時間就會抵達，但水面說久違地想走走這個坡道，真面他們就陪她一起走了。當真面問道「不是昨天才爬上來而已」，水面就若無其事回答「昨天是叫車上來的」。

「所以說？」三隅開口道：「那是個怎樣的廣場呢？」

「什麼都沒有喔，就像……砂石地的停車場那樣……真的什麼都沒有。」水面豎起食指接著說：「除了那個岩石以外。」

昨晚影面拿「心之盒」給真面他們看的時候，也說了關於「體之石」的事情。但畢竟百聞不如一見，便請水面引路，一行人正朝著那個廣場前進。

「但沒想到那個岩石會跟曾祖父有關係……」

「水面，妳記得那顆岩石嗎？」真面問道。

「嗯，我記得很清楚。那個岩石相當顯眼嘛。」

「很大嗎？」

「很大呢。我小時候都要抬頭仰望才行，但現在看不知道會是什麼感覺……」水面歪過頭這麼說。

「那跟岩石有關的事，就等實際看到再思考吧。」三隅開口問道：「真面，你是念理工的吧？」

「嗯，是的。我念工學系。」

「昨天的那個心之盒，在你看來覺得怎麼樣？」

三隅問了一個籠統的問題。

「我不知道，因為什麼都還沒開始調查。」

真面老實地做出回答。說穿了，儘管說是專攻，也只是囊括在整個學系底下的一個分類而已。真面覺得要在這狀況下調查那個盒子，能做到的事也跟一般人相去不遠。

「畢竟現在手邊也沒有可以利用的道具跟機械，能以科學層面對那個盒子進行的調查應該會很有限。」

「嗯，我想也是。但只要告訴我們在乍看之下可以知道的事情就夠了。你昨天也有稍微摸了一下吧。就算不是確切的情報也沒關係，只要備註非確切情報就行了。」

「這個嘛……」

真面回想起昨天摸到心之盒的感受。

「從摸起來的觸感來說，材質應該是銅，至少不是鐵製的，但必須經過確切的調查才能確定是什麼合金。另外，我也有試著敲了敲四周，但感覺不到什麼回響。雖然是個盒子，內部也有可能沒有空洞，但說不定只是每個側面都太厚重而已。另外，我也試著甩了一下，並沒有傳來裡面有東西在滾動的感覺。要不是裡面沒有裝東西，就是有裝了什麼，但被固定得相當牢靠。無論如何，若不打開看看還是什麼也說不準。」

「那麼，關於打開盒子的方法呢？」

「還不知道。可以確定那是以好幾個部件組合而成的，或許會有像寄木細工（註1）那樣的機關。但我昨天摸了一下，卻完全沒有發現可動的地方。」

「原來如此。那水面又是怎麼看的呢？」三隅把話題拋給水面。

「要我說起來也很抽象就是了……我覺得那個盒子是個相當老舊的古物。」

「所謂老舊，大概是戰時的嗎？」

「不，是更久遠以前。雖然這只是我對盒子外觀的印象，但要說那個是戰時的東西，總覺得也太過老舊……」

「太過老舊啊。」

「物品保存的方式當然也會產生影響，如果想鑑定那種古董的年代，還是要給專業人士看過比較準確。」

「但是，水面。如果盒子的年代比戰時還更久遠，像是百年以前的話……」

「是的。」

「做出那個盒子的人，就不會是舞面彼面了。」

「就是說啊……」
水面再次歪過了頭。
「但就算盒子本身的年代老舊，不一定代表內容物也是老舊的。」真面說道：
「說不定正是舞面彼面將東西放進盒子裡，並設計了一個打不開的機關。」
「如果一來，或許在那之前就只是個能夠開蓋的盒子呢。」水面附和道。
「還有其他在意的事情嗎？」三隅要水面繼續講下去。「比如那個像是某種圖樣的刻紋？」
「雖然看起來也像文字……但至少在我所知的文字種類當中從未見過。或許去翻閱專門書籍就可以查明。當然，那也有可能不是文字，單純只是個圖樣而已。」
「也就是說，就算那是某種圖樣，現階段依然不知道任何線索是吧。」
「不，也是有已知的事情。」水面帶著微笑說道。
「什麼事？」
「品味很老氣。」

註1：日本箱根特產的一種木片拼花傳統工藝品。

2

過了不久，一行人抵達道路分岔的地方。

從宅邸延伸到山腳的車道途中，可以看見一條往山那邊走去的道路。那條路很寬敞，卻是路面沒有鋪裝的砂石路，一路延伸到山中。再加上道路的入口掛著一條老舊的鐵鏈，讓車子無法通行。

「這是我們家加上的鎖鏈。」水面說道：「因為前方是條死路，才會這樣提醒開車前來的人不要搞錯方向誤入。」

三人走過生鏽的防撞鐵柱旁邊，踏上砂石路。

一進到山中，樹木就顯得格外茂盛，頭上馬上就被樹冠給覆蓋了。冬日的陽光透過枝葉的縫隙，流瀉出感覺不太可靠的光芒。

走不到兩分鐘的路程，就抵達一片地面還混著砂石的遼闊場所。

那是一處被森林環繞的廣場。林木之間突兀地空出來的空間，大概有三十平方公尺寬。這裡還真的沒有任何遮蔽物，一眼望去就能看遍全景。

「真的什麼都沒有耶。」三隅一邊環視四周這麼說。

在廣場上可以看見的物品少到一隻手都數得出來。入口的左手邊用兩層水泥磚圍成小小的一圈，裡面還積了一些木炭，看樣子是燒垃圾的地方。在右手邊的深處可以看見一張木製長椅，感覺也是相當老舊的東西了。

「感覺沒有很亂耶。」真面環視四周這麼說。「雜草也都有清除乾淨，是不是有人在管理這個地方呢？」

「好像是呢。畢竟這裡有燒垃圾的地方，或許是有人會定期過來打掃吧。但應該不是我們家，可能是山腳那邊的人家整頓的……」

「那麼，就是那個嗎？」三隅指向廣場的深處。

「是的。」這麼回答之後，水面跨步走了出去。真面跟三隅也跟在她後頭。

三人橫越廣場，站在那正前方。

靜靜矗立在廣場深處的東西。

是個以岩石打造成的大型立方體。

單邊大概就有一百八十公分的巨大石塊，在廣場一隅散發出異樣的壓迫感。真面回想起石頭的密度，並在腦內計算了一下，想必粗估也有十噸以上吧。看來是這等程度的質量直接轉換成它的存在感了。

石頭的形狀大致上來說是立方體沒錯，但切割的線條相對粗糙，邊角也沒有那麼銳利。表面上四處都覆蓋著綠色青苔，散發出古物的風貌。

「這就是『體之石』。」

「就是這個啊……」真面眺望著岩石。這個岩石比真面還要高。

三隅開始沿著岩石的四周環繞。

「這為什麼稱作『體之石』呢？」三隅一邊觀察岩石，這麼問道。

「我不知道，以前就這樣稱呼了。小時候爸爸只是威脅我說，要是爬上體之石，就會受到詛咒。」

「什麼詛咒？」

「不知道呢……」

「真過分啊。」

「詛咒八成是爸爸捏造出來的吧，應該只是為了不要讓我玩這種危險的事才會說謊。畢竟這個岩石形狀明明這麼罕見，卻完全沒有留下任何由來、典故之類的故事。還有那個心之盒，昨天我也是第一次知道家裡有那種東西。」

「唔嗯。」三隅摸著岩石的表面說：「看樣子，這滿像是用更大的岩石削成四方體的東西。而且也沒有接縫，應該能確定是一整塊岩石吧。要是藏有什麼機關，應該會安在我們現在看不到的底部。」

「不知道上面是什麼樣呢。」水面仰頭看向岩石。身高大概只有一百六十公分左右的她，看不到岩石的上方。

「吶，哥哥。」

真面產生了不好的預感。

「請你爬上去看看嘛。」

剛剛才說爬上去會被詛咒，現在又要人爬上去看看，真面覺得她這樣的心態還真厲害。但他也不是不感興趣，所以就決定聽從這位偉大堂妹的請託了。

「我也上去看看好了。」於是三隅也伸手攀向岩石。兩人就這麼爬上了體之石。

爬到上頭的兩人開始調查岩石的上方。然而眼前的平面除了跟側面一樣長有青苔之外，沒有其他不同的地方。

「如何？」下方傳來水面的聲音。

「什麼都沒有喔。」真面答道。

「請再說得仔細一點。」

「有長青苔，但幾乎沒有裂痕之類的呢。」

「這位小姐，妳等一下。」

三隅從掛在肩上的包包裡拿出一個小小的數位相機，在岩石上方拍了十幾張照片，接著就從上方對水面說「感覺像這樣」並遞出液晶螢幕給她看。

「哦。」

「竟然只『哦』了一聲……」

「怎麼？」

「指使兩個大男人做事，還只是這樣『哦』了一聲不太對吧。」

「三隅先生是自己爬上去的。」

「真面，這個大小姐平常都是這樣嗎？」

「嗯，都是這樣。」

「這樣啊……」三隅放棄了。他將數位相機反轉過來，自己確認起剛才拍的照片。

「這肯定是人工產物，看這形狀不會是自然產生的吧。這個岩石跟昨天看到的盒子都是立方體，名稱也是以『心之盒』跟『體之石』相呼應。以間接證據看來，舞面彼面的遺書上提及的，應該就是這兩個東西了。」三隅談起自己的見解。「如此一來，就剩下……」

「面吧。」水面在下方這麼說道。

「沒有面具嗎？」

「沒有呢。」

「沒有啊。」

「全部都有的話也不用這麼辛苦了。」

「這倒是。」

三隅切換了相機模式之後，再次開始拍攝照片。真面為了不要妨礙到他，就從岩石上方下來了。

「三隅先生，你也快點下來比較好喔。」

「為什麼？」

「會被詛咒啊。」

「如果問題在於待在上頭的時間長短，也拜託妳先說好嗎？」三隅一邊按下快門，一邊這麼抱怨道。

3

車站前有一間外觀裝潢很有年代感的西餐館。這是開在閒散的鄉下車站周邊罕見的商業設施之一。

真面他們三人坐在西餐館「當男孩遇見西式廚房」的桌席。現在的時間已經是下午兩點多，店內就只有他們這一組客人而已。

三隅點了漢堡排與拿坡里義大利麵的拼盤套餐，正大口大口地吃著。真面跟水面則是各自點了咖啡跟哈密瓜冰淇淋蘇打。帶著人工色彩的綠色汽水上頭盛著香草冰淇淋，感覺小朋友會很喜歡的飲品哈密瓜冰淇淋蘇打，已經二十二歲的水面喝起來也莫名適合。

「不過，還真是匆忙呢。」水面一邊用吸管戳著冰淇淋這麼說道。「明明昨天才來的，竟然已經要回去了。」

「懷好噗。」三隅一邊吃著拿坡里義大利麵一邊說話。「在這裡能做的事情都做完啦。盒子跟岩石姑且都已經有頭緒，也向宅邸的人問過詳情了，繼續留在這裡也沒有什麼意義，回到城鎮調查的效率反而還能提高十倍。但如果有必要，我還是會再來。」

三隅說等一下就會回去自己的事務所了。他的事務所位於市區，距離舞面家的宅邸大概兩小時左右的車程。

「我吃飽了。」

吃完飯的三隅喝了杯水，找來服務生將吃完的餐盤都收回去，接著從包包裡拿出幾張紙攤在桌面上。那是幾張印出來的照片，包含心之盒跟體之石，還有舞面彼面的遺書。

「那在我回去之前，先來整理一下現有情報好了。」

兩人也同意三隅的意見。

「首先是遺書。」三隅挑出了拍有遺書的照片。

解開盒　解開石　解開面

美好之物就存在於此

「重點在於這段神祕的文句到底是什麼意思呢？」

「這裡指的『盒』跟『石』已經出現可靠的選項了呢。」水面開始分析起來。

「心之盒跟體之石。裝著心之盒的木箱裡有舞面彼面的印記，體之石也是一直都在宅邸附近的東西，所以這兩個肯定都跟舞面家關係匪淺。應該可以視作就是這兩個東西了吧。」

真面跟三隅也點頭認同。

「但關於『面』，目前沒有任何頭緒就是了。」

三隅看著書簡陷入沉思。

「面啊……面。面……面……面…………」

「三隅先生也真是的，像隻瀕死的蟬一樣。」

「妳說話真的很過分耶。」

「會嗎？」

「算了。總之，說到面啊。那位家主說宅邸裡沒有聯想得到的東西吧。不過我有請他之後再到倉庫確認一次，搞不好過陣子會出現什麼線索。啊，真面。如果有找到面具之類的，你再將照片寄給我吧。寄到名片上的電子郵件信箱就可以了。」

「這件事為什麼不拜託我呢？」

「因為妳很過分。」

「哎呀，真過分。」

三隅無視她的反應繼續說下去：

「只不過，說到面也已經有一個線索就是了。」

「是啊。」水面點點頭。

三隅依序看向真面及水面。

「也就是你們的名字。舞面這個姓氏相當罕見。何況是在舞面家的遺書上寫著『面』這個字，自然會覺得有所關聯。不過，就算上頭寫的是山，而姓氏是山田的話，可能就不太會這樣想了。」

「這問題應該只在於給人的印象吧？」

「印象也是很重要的情報喔，大家都是活在印象之中。而且，你們連名字都有『面』字吧。那位家主也是。不過你嬸嬸，也就是鏡小姐沒有吧。」

「我們家的傳統是在小孩的名字中加入『面』這個字。」真面回答了三隅的疑問。「嬸嬸是嫁過來的，所以名字裡不會有面字。」

「原來如此，有這樣的規定啊。」

「三隅先生，你覺得我們的名字跟這件事有什麼樣的關聯呢？」

「要思考這件事之前，就得先想想遺書上那段話的意思。」

三隅指向筆記本。

「也就是『解開』是指什麼？解開盒是什麼意思？解開石、解開面又是什麼意思？」

水面抱著手肘思考。

「這個嘛……解開盒會不會是『打開盒子』的意思呢……解開石就不太明白了。而解開面，也可以解讀成『拿下面具』的意思吧。」

「將面視作一般面具的前提下，是這麼說沒錯。」三隅一邊倒水一邊說：「但如果是指姓氏或名字的面呢？」

「如果是指姓氏……就會變成解開舞面，也就是離開這個家的意思嗎？如果是指名字，就是改名嗎……不……總覺得也不太對呢。要暗示改名的話，應該會有更多說法才是。雖然也能明白是想配合字面組合吧。」

「會不會是舞面家有受到什麼詛咒呢？」三隅沒頭沒腦地說了這種話。「像是家族受到詛咒，並要從中解放之類的。」

「我們沒有受到詛咒。」

「搞不好只是小姐妳不知道而已啊。」

「好，回去之後我再向爸爸問問看。」

想像著被女兒問這種奇怪問題的影面，真面不禁覺得叔叔也真是辛苦。

「而且，三隅先生，『解開』這個詞應該有更直接好懂的解釋吧？」水面掛著笑容向三隅問道。

「什麼解釋？」

「就是『解開謎題』。」

水面一臉自信滿滿地說：

「我覺得就『解開盒』這句來說，『解開盒子的謎題以打開盒子』這樣的解釋最為恰當。」

「那『解開石』呢？」

「就是『解開岩石的謎題』。」

「既然如此，面不就是解開面的謎題了？」

「有什麼不滿嗎？」

「我只是覺得有講跟沒講一樣而已。」

「是嗎……我倒覺得是前進了一大步呢。」

「反正解謎就由真面跟水面處理吧，交給你們了。我也會多方調查的。」

三隅隨口這麼說。

真面將視線拋向放在桌上的照片。他看著在那當中拍著心之盒的照片。

回到宅邸之後，他想再更加仔細調查那個盒子，畢竟就是為此被叫來這裡的。但如果被問到是不是經過調查就能打開那個盒子？說真的，總覺得不太可能。難道只要解開謎題，就能輕鬆打開被封得那麼緊密的盒子了嗎？

「哥哥，從遺書字面上看來，你有沒有什麼想法呢？」水面問向正在思考的真面。

「這個嘛……我有在想順序的箇中意義。」

「順序？」

「沒錯，順序。我想，在解開時是不是必須照著盒、石、面的順序才行。不知道會不會不能先從面開始解起。」

「這……確實不知道呢。光看這段文句實在無從判斷。」水面歪過了頭。

「這兩句話都沒有關於順序的提示，所以順序或許不具備意義。但如果有，其順序是盒、石、面的可能性很高。畢竟這是為了傳達情報的書簡，難以想像有要交換順序的必要。所以就現階段來說，從盒子的謎題開始解讀，應該就不會出差錯，也最安全了吧。」

「原來如此……」水面點了點頭。「哥哥，你好厲害。我完全沒有注意到順序這一點，還以為只要一股腦地調查盒子跟岩石就好了……」

「我倒是有想過這點喔。」三隅這麼插話。

「吶，哥哥。你覺得這個『美好之物』是指什麼呢？」

「哇，竟然無視我。」

雖然三隅出聲抗議，很可惜的是這句話也被無視了。真面一邊看著照片繼續說下去：

「這個『美好之物』是相當抽象的一種說法……美好的東西，應該就是具備某種價值的意思吧。雖然價值觀因人而異，但我覺得至少對於寫下書簡的舞面彼面先生來說，那是有價值的東西。」

「有價值的東西啊。」三隅一邊加水一邊說：「但通常自己聲稱有價值的，都不是什麼好東西呢。」

真面指著那段文句繼續說：

「而且『美好之物就存在於此』的『存在』，大概是一種比喻吧。」

「你說比喻的意思是……也有可能不是一種比喻嗎？」

「也不是不能解讀為生物……例如真的找到某個人之類。但是，如果真是如此，等著被找到的那個人很有可能已經死了。畢竟這已經是六十多年前的遺書了嘛。」

「啊，但是……」水面開心地說：「如果在等待的那個人，是舞面彼面先生的戀人，而且那個人就算變成八十歲的老婆婆也還在等的話，豈不是非常浪漫的一件事嗎？」

「我只會覺得那個人也太有耐性了。」三隅吐嘈道。

「我也是這樣想。」而且真面也同意這個感想。

水面於是一臉不開心地吸著哈密瓜冰淇淋蘇打。

4

離開西餐館之後，三隅就開著自己的車回到市區了。雙方約定好若是有發現什麼情報，就會給用電子郵件通知對方。真面跟水面便就此回到宅邸去。

真面人在宅邸的會客室。

嬸嬸鏡就在他眼前。鏡打開了木箱的蓋子之後，攤開裡面的布，並拿出心之盒。

鏡說著「就再麻煩你囉」，便遞出了盒子。

真面為了開始調查心之盒，就來向她借了本體。叔叔白天都在外工作，因此要借的話必然是透過嬸嬸。

「我不會借太久，馬上就會還給妳的。」

「不用這麼急著還也沒關係呀。你就慢慢調查吧。」

鏡親切地笑了一下，但那個表情馬上就帶了一點陰鬱的神色。真面回想起嬸嬸昨天也有露出這樣的表情，然而當他才想回問理由，鏡就先開口了。

「我昨天也聽丈夫說了關於那個盒子跟岩石的事情。好像是跟祖父的遺書有關係……」

「好像是這樣呢。也有說到搞不好藏有寶藏之類的事。」

「那個，真面……」鏡滿心擔憂地問道。

「是的。」

「真面，你覺得真的會有寶藏嗎？」

真面愣了一下。

「這……我也不確定。畢竟是舞面彼面的遺產，確實也有這個可能性就是了。但叔叔笑著帶過了這件事呢。」

「他啊……」鏡思考了一下才說：「我在想，丈夫是不是抱有期待呢？」

「期待找到寶藏嗎？」

「是啊。雖然這不是該說給你聽的事情，不過他最近沒什麼精神……」

真面感到有些訝異。至少昨天在叔叔身上完全看不出他有這樣的想法。

「為什麼呢？」

「這個嘛……想必是工作上有很多煩心的事情吧。你想想，最近大環境很不景氣，很多公司都撐得很辛苦……丈夫的公司似乎也稱不上穩定。他雖然在你跟水面眼前表現得若無其事，但他一定也很期待能找到寶藏吧。」

鏡輕聲笑了。

「他就是很愛耍帥嘛。」

真面擠出笑容回應。之前完全沒有想像過叔叔的公司會經營得很辛苦。

鏡低下頭，她的笑容又再次蒙上了陰霾。

5

真面在宅邸的廚房做好了準備。

桌面上放著從房間帶來的筆記型電腦。一旁擺著封箱膠帶、螺絲起子組等東西，最後還有借來的心之盒。

真面首先用廚房裡的料理秤測量了盒子的重量。電子數字顯示出一三六〇公克。

接下來再用尺測量盒子正確的尺寸。長六十一公厘，寬六十公厘，呈現幾乎完美的立方體。

透過電腦計算，以重量一三六〇公克除以六公分的三次方，得出的數字是六・三。因此單位是六・三公克／立方公尺。

這也代表每單位含有的金屬密度。只要知道密度，就能鎖定金屬的種類了。

真面用接上無線網路的電腦上網搜尋，並開啟了金屬密度表。密度接近六・三的金屬有鋯（六・五）、鋅（七・一）跟錫（七・三）等等。

可惜的是，真面這下得知：無法用這個方法鎖定盒子是用哪種金屬打造的。

現在之所以能夠透過算式得出密度，前提為這個盒子是一個沒有任何空洞的金屬塊。如果盒子裡有一個空間的話，就沒辦法用體積計算密度。另外，如果這個並非純金屬而是合金的話，也難以從密度表中鎖定是哪一種金屬。這個動作只能在某種程度上預測重量大致上的序列而已。

做了這個預測時，真面也思考著一件事。這個盒子光是以表面材質看來，會讓人覺得是銅製的。

銅的密度是八・九，相當沉重。假設是純銅製的話，這個六公分立方體盒子的重量應該會在一九三〇公克左右。這個數字再減掉盒子的實際重量一三六〇公克之後，是五七〇公克。而這就是要填滿盒子空洞時的銅重量。

接著再拿這個數字去除銅的密度，並將 Windows 內建的計算機切換成工程模式得出立方根。計算機顯示出四・〇〇。這個數字就是當盒子裡的空洞是立方體時單邊的長度。

從以上的推測可知，心之盒如果是以純銅製作的話，在這個六×六×六公分的盒子當中，存在著四×四×四的空間。雖然這不過是在假設之中再以假設推測出來的結果，但也只能自我安慰地想：這樣總比無所適從更向前邁進了一步。

真面看向廚房的水槽。

其實也是有可以正確推測出密度的方法，只要把心之盒泡進水裡就行了。內部空間注滿了水，就能透過計算相差的數字得出盒子部分的正確密度。看起來似乎每個區塊都相當契合的心之盒，大概也會有細微縫隙，因此水應該有辦法注入到內部。

但真面不禁猶疑。要是將水注入內部，但沒有完全清除水分的話，金屬就會生鏽。外側只要擦乾就行了，但內側可沒這麼好處理。

而且內側要是放有紙張之類的東西也會浸濕，何況若是老舊的紙張，或許還會因此分解。既然現階段還不知道內容物有什麼，就不能這樣冒險。

基於這樣的理由，總之用水測量密度這件事之後再說，真面開始朝著其他方向進行調查。

首先是仔細端詳心之盒的區塊之中有沒有可動的部分。畢竟是由區塊組成的盒子，還是會讓人不禁懷疑起一開始聯想到的寄木細工那樣的機關。

真面試著將那些區塊從上下左右各方錯開，但無論哪個區塊都不為所動。接下來又試著像在玩魔術方塊那樣轉動心之盒，然而每個區塊間都有相契合的地方，因此也沒辦法轉動。

接下來就只剩下或壓或拉的動作而已，但不管推壓哪裡都沒有地方凹下去。即使貼上封箱膠帶試著拉開各區塊，也沒有哪個部分隨著拉扯飛出來。

放棄上頭的區塊都單純可動的這個假設，真面從螺絲起子組當中拿出一字螺絲起子，並試著插入區塊之間的縫隙。然而每個區塊都契合得相當精密，就算是細細的一字螺絲起子也插不進去。嘗試了每個地方的縫隙，結果無論哪裡都不行。真面便放棄這個方法，將螺絲起子收了回去。

他放下心之盒，嘆了一口氣。準備好的道具全都嘗試過一輪了，現階段可以調查的事情就只有這樣而已。如果有專用藥劑之類的東西，應該可以針對金屬再調查得更仔細一點，但這間宅邸裡當然不會有那種東西。

真面翻轉著盒子，觀察其外側。雕刻在表面的圖樣相當奇妙，看起來就像以前在科學雜誌上瞥過的那種古代文字。真面在文化方面完全是外行人，這類相關的調查就要交給水面了。雖然要把一介學生的水面說成專業人士也不太對，但她的造詣至少會比工學系的自己還要深入才是。

如果可以解讀這個圖樣，是不是就能找出打開盒子的方法呢？說到頭來，這個盒子真的有辦法打開嗎？

發現自己開始想起這種沒意義的事情，真面又嘆了一口氣。情報還是不太夠，現在就算一再推測也無濟於事。

當他結束這番太過簡易的調查，正要收拾用過的道具時，幫傭的熊從廚房入口走了進來。

「咦，真面先生？」

「熊小姐，妳好。」

「啊啊！」

熊瞪大雙眼驚呼了一聲。

「真面先生，您是從哪裡聽說那個名字……」

「是嬸嬸告訴我的。」

「還真不想被人知道啊……」

「為什麼呢？」

「因為會被叫熊小姐啊！熊小姐耶！簡直就像熊一樣嘛！」

「就是熊吧。」

「是熊沒錯啦！」

熊的情緒激昂了起來。

「就算沒有一點惡意，熊看起來還是猙獰又凶猛，一副就會吃人的感覺啊……」

「那是一種偏見。照理來說，應該鮮少有真的是為了吃人而襲擊人類的例子。」

「所以還是有嘛……」

「還是有的。」

熊陷入消沉。但隨後又再次昂揚了起來。

「別看我這樣，也還是個女孩子耶！還是會想先給人可愛的印象啊！啊，但一樣是熊，熊貓之類就很可愛呢。」

「熊貓……是很可愛。」

「為什麼剛才要遲疑一下呢，真面先生？」

「因為熊貓亞科的生物類緣關係比較遠，通常在總稱熊的時候，都不會包含熊貓亞科。」

「為什麼會這麼清楚這種事情啊！」

「不好意思。」

儘管真面覺得沒道理，還是先道歉了。

「但妳想想，熊當中也是有又小又可愛的喔。」

「咦，真的嗎？」

「像是馬來熊。」

「我沒聽過。這是什麼樣的熊呢？」

真面用放在桌上的筆記型電腦進行搜尋之後，網頁上就出現了一整面馬來熊的縮圖。熊從真面身旁探頭看了一眼。

「好噁好可怕！」

「會嗎？我覺得很可愛。」

「這種熊好討厭喔……站起來簡直就像人類一樣……」

「啊，不過妳看看這個。」

真面用手指向一張圖片。

「牠的舌頭特別長喔。」

「不————！」

熊用雙手遮住臉蹲了下來。

「我、我是做錯了什麼嗎！」

「是說……妳是來做什麼的呢？」

「啊！」

熊回過神就站起身，並將掉在地板上的購物袋撿起來。

「對了，我是要來準備晚餐的。」

「喔喔，不好意思。我這就立刻收拾。」

「啊，我來收吧，我來收就好了。可不能讓賓客做這種事情。我來就好了。」

熊的雙眼寄宿著不能讓客人親自整理廚房的強烈使命感，並擺著雙手步步靠近。

真面覺得自己的電腦有危險，就先將它收起來。由於桌面上沒有電腦了，熊一臉惋惜地打算去收拾料理秤。就在這時，她發現了放在桌上的心之盒。

「啊，這就是那個盒子吧。」

「嗯，沒錯。我正在進行調查。」

熊將心之盒拿在手中仔細端詳了一番後說「看起來就像骰子一樣呢」。真面覺得除了同為立方體之外不太像就是了。

「請問這跟廣場的岩石有關係嗎？」

「目前還不知道。現階段只知道這兩者的名稱很相似，而且同為立方體而已。」

「哦～真是不可思議。」

熊看著盒子說道。

「不過這樣的東西，大概可以知道要怎麼用呢。」

「咦？」

真面一瞬間無法理解熊在說什麼。

「妳知道這個盒子的使用方法嗎？」

「咦，是啊。」

真面驚訝地反問她。似乎是現在才第一次看見心之盒的熊，竟然說知道要怎麼使用這個盒子。

熊一開始不知道真面為何感到驚訝，但她馬上就發現其理由，而且……

「啊～確實像真面先生這樣頭腦很好的人，反而會為了這種事情煩惱呢～該怎麼說呢，要不是像我這種想法很靈活的人，可能會不小心想得太複雜。」

頓時態度就踱了起來。

「請問，妳可以告訴我嗎？我想知道這個盒子要怎麼用……」

「投降了嗎？」

不知道曾幾何時變成要一決勝負，而且還被逼著投降。但再拖延下去也只會更麻煩，真面立刻回答投降。

「那我就告訴您吧。」

這麼說著，熊就拿起心之盒，走到放在水槽旁邊的一大台洗碗機旁邊。

「假設這是廣場上那個巨大的岩石。」

熊將那個四角形的洗碗機看作是體之石。

「然後呢，就將這個盒子像這樣……」

一邊說著，熊就將心之盒抵上洗碗機的側面。

經過了一段微妙的時間。

「不，應該是這樣吧……」

熊這次將原本抵在側面的盒子放到洗碗機的上方。

「那個……這是什麼意思呢？」

「如您所見，這個盒子嵌上了廣場的岩石。」

「所以說？」

「所以說……就會發生某種不可思議的事情。像是突然綻放光芒，或是出現以前遭到封印的巨大機器人之類。」

真面露出冷笑。

「這哪裡奇怪了！」

「呃……該怎麼說，就像魔法一樣呢。」

「沒錯，就是魔法啊。這種神祕道具，通常都會施加魔法、魔術或是詛咒。我在介紹上古時代的神祕特輯中，就有看過類似這樣的東西嘛。」

真面不知道該作何回答。

「不然，真面先生。如果這個盒子真的有施加魔法，您該怎麼辦？」

「與其說怎麼辦……應該會覺得很厲害吧。」

「對吧。」

真面實在搞不懂現在這句「對吧」是從哪一句話接下來的。

「要是這個盒子有魔法，只是拿去跟岩石組裝在一起就會發生很厲害的事，就會讓人大喊『好厲害啊！好棒！』了。」

「是啊。」

「那要是沒有魔法，會發生什麼事呢？只會一邊說著『結果什麼事都沒發生，真是可惜啊，回家吧』，然後走個十分鐘回來而已吧？瞧，這是多麼低風險又高報酬啊。」

真面能理解熊說的這番話。雖然一點也不相信心之盒有什麼魔法，但也沒有堅決不將盒子跟岩石放在一起的理由。只要下次去廣場時確認看看就行了。

「現在的真面先生就像在特攝片之類的作品中會出現一集，只有『哈哈哈，怎麼可能有那種事』這句台詞的角色。如果您想成為故事中的主角，就必須讓盒子跟岩石相互碰觸才行啊！」真面還是不太懂熊的理論。

「那麼，請吧。」熊伸出手掌指向廚房的入口，對真面這麼說。

「咦，現在？」

「快來不及了。」

「怎麼說？」

「因為晚餐時間預計是七點開始。」

6

雖然現在時間還不到下午五點，但四周天色已經漸漸昏暗。真面走在通向廣場的砂石路上，包包裡正收著借來的心之盒。

這條路走到底便能抵達廣場。被森林環繞的廣場已經相當昏暗。白天來的時候還沒有注意到，但有一棵樹的樹枝上掛了一盞覆著燈罩的燈泡，現在亮了起來。然而只靠一顆小小的燈泡無力照亮整個廣場，唯有放在角落的那張長椅，像在舞台的鎂光燈照耀之下格外顯著。

真面在一片昏暗中走到矗立的體之石附近。燈泡的光線無法照到岩石，巨大的立方體被包覆在薄暮之下。

他從包包裡拿出心之盒。盒子每一面都刻有圖樣，分辨不出哪邊是上下，哪邊是左右。真面照著一開始拿出來的方向，將心之盒面向體之石。當真面要將盒子抵上岩石的時候，他發現自己也有點緊張。

當然真面並不相信盒子碰到岩石時會發生什麼事情。他既不認為這樣如夢一般的事情隨隨便便就會發生，實際上他活了這二十三年來也一次都沒有遇過。

但真面也不認為絕對不會發生任何事情，只是那個可能性的前方想必會加上好幾個0。任誰也沒辦法說出絕對二字，因為隨時隨地都確實存在著突然發生不可思議現象的可能性，所以那才會被稱作不可思議。

真面覺得自己對這樣徒勞無益的事情竟還抱持著一絲期待，著實有些可笑。

四周陷入一片寂靜。

真面將心之盒抵上了體之石。

四周依然一片寂靜。

沒有發生任何事情。真面翻轉了心之盒，試著讓六面都觸及岩石，但理所當然的，還是沒有發生任何事情。他回想起熊的話。於是真面爬上體之石，將盒子放在岩石上方那面的正中央。但六面分別都放了，還是沒有發生任何事情。畢竟這盒子只是一塊金屬，而岩石也不過是一塊岩石而已，就算碰在一起也不可能會發生什麼事。真面花了二十三年建構起來的認知，今天因此又更穩固了一點。

他將盒子收回包包裡。在玩這種莫名的事情時，四周天色又更暗了。真面為了爬下地面，便在岩石上站起身來。

這時，他在視線一隅看見了一道影子。

他看過去，只見在廣場的入口有著一道人影。由於燈泡的光線無法照亮到那邊而看不清楚，但肯定有人站在那裡。

人影劃開腳步。

並就此一直線朝著體之石走來。

那道身影靠了過來，並一點一點被燈泡照亮。接著那個人形的剪影也漸漸褪去。

現身在眼前的，是一個戴著面具的少女。

7

少女穿著深藍色的水手服，再披上感覺符合是學校標準、設計簡單的大衣，將手插在口袋裡，就直直朝著體之石走來。真面錯開打算要爬下岩石的時機，在上頭直盯著那個女生一步步走過來。

少女也看著真面。不，其實不知道她是不是真的在看。她的臉上覆著一張像是臨摹某種動物而成的白色面具。

戴面具的少女抬頭看著真面，並來到岩石下方才停下腳步。

真面回望著她的面具。如方才遠遠所見，是某種動物的面具。但就算靠近了，也看不出來到底是哪一種動物的面具。上方有著兩個耳朵的面具，舉例來說看起來像是狐狸。然而就算說是狗，看起來也像；如果說是貓，似乎也會信。那就是一張以各種動物的輪廓構成的面具。

真面看著開在動物眼睛處的兩個小洞，洞底下的雙眼卻因為四周一片黑暗而看不太清楚。

「你在那裡做什麼？」

戴面具的少女對真面問道。從她的外表想像不到說話聲音這麼穩重。因為她身材嬌小，還以為是國中生，看來也有可能是高中生。

真面反思著少女的問題。

這個廣場位在連根山的山腰地帶，而這座山是舞面家的，因此應該是私有地才對。所以她提出的質問，反而是真面該問的事情。

「妳才是在這裡做什麼？」

真面回問了一樣的問題。戴面具的少女沒有給出反應。維持了整整十秒的沉默之後，少女這才回答：

「打掃。」

「打掃？」

「把垃圾聚集起來，拿去那裡燒。」

少女抬著下巴指向位在廣場角落的一區垃圾焚燒場。

白天來的時候，水面說打掃這裡的人大概是住在山腳的人家。看來就是這位少女了嗎？

「接下來輪到你回答了。」

少女用令人費解的語氣說道，簡直就像高位者的自大口吻。如果單純以說話的口氣判斷，會讓真面覺得她是年紀比較大的人，但因為戴著面具也無從判斷她的實際年齡。而且，她要是真的年紀較大，那這一身制服打扮就很奇妙了。

「你在做什麼？」

「我在調查這個岩石。」

「哦。理由是什麼？」

理由當然是為了探索舞面彼面的遺書之謎，但真面語塞了。這姑且牽扯到他們家族的內情。不只影面有下禁口令，這也不是可以隨便跟陌生人坦言的事情。

「這顆岩石是我們家的岩石……聽說是滿有淵源的東西，我跟堂妹就一起進行調查。我堂妹是念民俗學的，所以對這方面的事情很有興趣。」

真面隨口編了一個理由。但這也不全是謊言。

「你們家的岩石？」少女反問道。

「對啊，這個地方跟這個岩石都是私有物。就是坡道上的那戶人家。」

「你這傢伙是舞面家的人啊。」

少女連對真面的稱呼都很不客氣。

「是沒錯……妳又是什麼人？為什麼要打掃這個廣場？」

真面的提問讓少女再次陷入沉默。等了一會兒，她還是沒有給出回答就直接轉過身，走到擺在廣場一隅的破舊長椅坐了下來。真面在岩石上傻眼地看著她這一連串的動作，而戴面具的少女只是轉頭對他說了一句「快點過來」。

真面別無他法，只好爬下岩石，並走向長椅。

「坐下。」

不管怎麼看年紀都比真面還小的少女，用蠻橫的態度命令他。真面雖然想抵抗，卻也不想因為不願照她說的去做就一直站著，因此還是老實地坐下了。

「所以說，你叫什麼名字？」

「舞面真面。」

「真面？你叫真面啊？」

「怎樣？」

「真是個可笑的名字。聽起來很正面，卻一點也不正面。」

那張面具哈哈大笑。這讓真面覺得不太高興。

「那妳又叫什麼名字？」

「美咲。」

少女簡短地回答。這實在是個很普遍的名字，所以真面沒有任何感想，只回了一句「是喔」。

「問了女人的名字卻答上『是喔』不太對吧。看是要說『真是個好名字』，或者『真是個漂亮的名字』之類，就算是說謊也好，禮貌上都該稱讚一下。」

「我不太會說這種話。」

「真是個沒用的男人。」

「那麼，妳到底為什麼會來打掃這個廣場呢？平常都會來打掃嗎？」

「想來的時候才會來。這是我自作主張的事，宅邸那些傢伙都知道才是。」

「咦，這樣啊。所以是有得到許可啊……」

「但我沒見過你。你應該不是影面的孩子吧。」

少女就連提及叔叔舞面影面都是直呼名諱，讓真面也忍不住皺起眉間。這個女生到底是怎樣啊？以一個只是前來打掃的山下居民來說，各方面都太奇怪了。

「影面是我叔叔。我只是偶爾會來這裡玩。」

「原來如此。也就是說，你是彼面的曾孫啊。」

「妳知道舞面彼面嗎？」

「所有住在這一帶的人都知道吧。」

「原來他在故鄉是個名人啊。」

「那你從岩石上頭調查出什麼了嗎？

美咲問得莫名深入。真面為了不要說溜嘴，避重就輕地說：

「沒有，什麼都不知道。那不管怎麼看，都只是個普通的岩石而已。妳呢，知道什麼關於那個岩石的事情嗎？」

「知道啊。」

「咦？真的嗎？」

原本只是用閒聊的心態拋出這個話題的真面反而嚇了一跳。

「妳知道什麼？」

「想聽嗎？」

「啊，嗯。妳可以告訴我嗎？」

「既然如此……」

少女的雙手妖媚地交疊起來並說：

「你可就要聽命於我。」

8

一小時後，真面再次來到廣場。

已經四下黑暗的廣場深處，燈泡在燈罩之下像個鎂光燈照亮了長椅，戴面具的少女就正坐在上頭。美咲一雙包裹著黑色絲襪的雙腳蹺起二郎腿，態度自大地等著。

真面走到美咲身邊之後，就遞出了拿在手上的塑膠袋。

「我看看。」

美咲接下袋子之後，就用戴著手套的手翻看著袋子裡的東西。

然後馬上就用單手壓著面具，大大地搖頭。

「你是傻子嗎……」

「咦，不是這個？」

「不是！完全不是！」美咲激動地站了起來，並從袋子裡拿出黑色的酒瓶。

「我是叫你買酒回來，也說了我想要的是日本酒，然後你買回來的竟然是這個！黑松劍菱！你這傢伙，這是在玉村賣八八〇圓的貨色吧！不，基本上是沒錯。這是酒，也是日本酒。但是啊，這類東西應該還有其他更好的選擇吧。」

她說的玉村是位在出了省道那邊的一間大型超市「Joyful玉村」的簡稱。受她所託，真面為了去買日本酒，還特地回到宅邸借車去了超市一趟，並在種類多如牛毛的日本酒專區中，買了在特價品裡也格外便宜的黑松劍菱過來。說穿了，真面幾乎不喝酒。

既然她沒有指定品牌，當然就會選最便宜的酒。

「不，我並不是說黑松劍菱不好喔。這也是有一番風味的酒，讓人時不時會想喝一下。但我說你啊，這不是在有事要拜託人的時候會送的酒吧……」

「是說……」真面皺眉問道：「這該不會是妳要喝的？」

「事到如今還問這什麼問題？」

「妳還是未成年吧。」

「哈。」

美咲對真面的說教一笑置之。

「連個下酒菜也沒有買……真是個派不上用場的男人。」

美咲一邊碎唸，又再次看向袋子裡的東西。

「還有這個！」

她從袋子裡猛地抽出來的是一本女性時尚雜誌。

「《Vingt-cinq ans（25ans）》！」

「原來那唸作Vingt-cinq ans啊。」

「怎麼唸不是重點好嗎……為什麼是買《25ans》啊……雜誌我有指定才是吧！

我應該有說要買《Seventeen》喔！絕對有說！」
「那個賣完了。」
「嘎～！」
戴著動物面具的少女吼了一聲。那樣奇特的外表，讓她連吼叫聲都像奇妙的動物一樣。
「你看看我的打扮！制服耶！怎麼看都是國中生吧！就算誤會了頂多也是高中生！既然《Seventeen》賣完了那也沒轍，這不是你的問題，我不會責備這一點。但既然要買替代的雜誌，就應該要視年齡層挑選才是吧？嗯？《mini》或《nicola》應該都有吧……為什麼？為什麼買的是《25ans》啊！」
「我怎麼會知道那種事啊……這個《25ans》也很好啊。」
「坐下！」
美咲指向長椅，真面才心不甘情不願地坐下。
「你看這個。」美咲翻過《25ans》的頁面，上頭一整排都是很適合華美髮型的成熟模特兒們。
「你看好了，這種很有女人味的隨興捲髮，還有滿滿的高雅感。你覺得我有辦法弄成這樣嗎？」

聽她這麼說，真面看向美咲的頭。因為戴著面具所以看不出瀏海，但後面頭髮長度只能勉強遮到脖子而已。那是一頭沒有漂過的全黑直髮。先不論有沒有辦法弄成很有女人味的隨興捲髮，她還是不要那樣做大概會比較好。

「也是呢。」

「你真的明白嗎……那你再看看這個。」美咲又再翻過一頁，打開了美妝單元。

「你看這個高雅女彩妝！這帶著光澤感的橙色唇膏！國中生頂著這樣的妝還得了。」

雖然搞不太清楚所謂高雅女彩妝是指怎樣的臉，但真面也覺得這樣的妝容對國中生來說確實太厚重了。

「國中生這樣不好看，妳還是別嘗試比較好。」

「傻子，我才沒有要嘗試的意思。我可是國中生，正值肌膚狀態最耀眼的時期喔。化這種浪費的妝容，只是有百害無一利而已。」

真面覺得自己被一個戴著面具的女人針對化妝這件事說教相當沒有道理，但他也察覺現在不是能說這種話的氣氛，於是決定保持沉默。

美咲說著「算了」，就從袋子裡拿出清酒杯。這也是她要求買回來的東西。朝真面扔了一個過去之後，就自己又拿出了一個。

「倒酒。」

「不……再怎麼說也不能讓妳喝。要是幫未成年的人倒酒可是一大問題。」

「你真是個死腦筋的傢伙耶……別擔心，我不會喝的。一滴也不會碰。」

「那為什麼還要倒酒啊？」

「你連要怎麼喝酒都不知道，說了你也不會懂。快點倒酒。要是我喝下一滴酒，你就儘管呼我巴掌沒關係。」

真面看她話都說到這個份上，便替她斟了酒。反正她要是喝下去，也只要打她就是了。

斟滿清酒杯之後，美咲將那杯酒放到長椅的板子上。相對的，她拿了酒瓶，說著「喏」便朝真面遞過去。

「不，我不能喝。雖然平常也不太喝酒，但今天我還是借了車開過來。如果喝了就沒辦法開回去了。」

「一杯而已沒關係。」

「我就說不能喝了。」

「明明說好要陪我喝酒的。」

「我沒跟妳說好那種事。」

「喏。」

「啊！」

趁著真面一個不注意，美咲就在他的杯中斟了酒。一股勁注入杯中的酒便從清酒杯中滿溢出來。

「啊啊，真是的，都滿出來了。」

「都是你不趕緊湊上去喝一口。太浪費了，還不快喝。」

真面放棄掙扎，便將酒喝下肚了。就算斟滿小小的清酒杯，量也沒有多少，不喜歡酒的真面一口氣就喝了下去。那與其說是喝下去，感覺更像是吞進去。美咲看著他便抬高了頭。雖然沒有發出聲音，但面具底下似乎是在笑的樣子。

「我喝了。」真面放下清酒杯。

「這樣啊。」

這麼說著，美咲自己也端起清酒杯。見狀，真面為了阻止美咲喝酒而擺好架式。

如果要喝酒，就必須拿下面具或是拉開面具，因此他打算只要一看到她做出這樣的舉動就立刻打下去。

可惜的是，並沒有真面出場的餘地。美咲還是戴著面具，只是將酒杯端到面具的嘴邊而已。面具的嘴部沒有開口，當然也無法直接喝酒。美咲端到面具嘴邊的酒杯也沒有傾斜，只是穩穩地維持著水平狀態。

「妳不喝嗎？」

「我在喝啊。」

美咲若無其事地如此答道。但她並沒有在喝，杯中的酒一滴也沒有減少。

「這不是沒在喝嗎？」

「你想讓我喝嗎？」

「不，我也不是這個意思……」

「我就說吧？你連要怎麼喝酒都不知道，當然不會懂。」

這麼說著，美咲放下了還是滿滿的清酒杯。結果美咲一滴酒也沒喝。

「所以說。」

「所以說？」

「你有女朋友嗎？」

「我為什麼要跟妳說這種事？」

「只是閒聊一下。」

「我為什麼要跟妳閒聊？」

「你討厭跟我閒聊嗎？」

「也不是啦……」

「那就沒差了吧。」

真面覺得怎麼說都不對，看來是被美咲的步調牽著鼻子走了。

「所以是怎樣，有嗎？」

「沒有啦。」

「你還是在室啊。」

「在室？」

「處男的意思。」

「處……」真面不禁語塞。「……這不是一個女孩子該說的話吧。」

「別說這種老派的事啊。對了，不然那個如何？影面他家的女兒，我記得是叫水面吧。她真是個美人胚子呢。」

「妳認識水面嗎？」

「認識啊。雖然最近都沒見到，但她還在這裡念書的時候，容貌就已經相當出眾，現在應該長成一個好女人了吧。」

「她現在也回來囉，變漂亮了。」

「哦。那時機正好，上吧。」

「就算妳這樣講……」

「這種事情都是要看時機的喔。比起任何事情，最重要的就是時機，要是等到錯過就太遲了。不然我來教你個咒語吧？」

「不必了，水面對我來說就像家人一樣。我完全沒有那種意思。」

「哦？」

美咲將臉湊上前去，面具底下的雙眼直直看著真面。在漆黑的挖洞之中，沒辦法完全看透她的眼神。真面甚至不知道她是不是真的正看著自己。

「原來如此。」美咲偏了頭，撇開視線喃喃道：「你是個騙子啊。」

「騙子？」突然間被揶揄說是個騙子，讓真面皺起了眉。「什麼意思？」

「字面上的意思，別無他意。」

美咲這麼說了之後，就將剛才扔去一旁的《25ans》拿回來，一頁頁地翻閱起來。看樣子她似乎沒有想再多回答什麼了。

這讓真面覺得非常想回去。

「那個，不好意思……也快到晚餐時間，我差不多要回去了。」

「怎麼，你要回去了啊。」美咲抬起臉並闔上雜誌。「真是個掃興的傢伙。算了，那我也要回去了。」

美咲拿著雜誌站起身來，真面見狀便連忙叫住她。

「等一下，關於岩石的事情呢？」

「對耶，岩石的事情啊。」美咲回過頭，朝著岩石的方向看去。

「那個岩石啊，叫作體之石。」

「這我知道。」

「怎麼，你早就知道啦。」美咲若無其事地說：「那還真是抱歉啊。」

「妳說岩石的事情，該不會就只有這樣吧？」

「抱歉啦。」

真面皺起眉間。難不成自己只是被這個少女耍得團團轉，還被坑了雜誌跟酒嗎？甚至特地借車下山去買。

然而美咲感覺一點也不在乎真面的反感。她只是說著「掰啦」並揮了揮手，就準備再次跨步離開。

「等、等一下。相對的，我要問妳一個問題。」

「嗯？什麼事？」美咲停下腳步回答：「也算是為了表達我的歉意，什麼問題都可以回答你喔。」

「那個……」

真面一邊斟酌著用詞，並開口問道：

「妳為什麼要戴著面具？」

美咲留下一句「這是街頭風時尚啊」，便離開了廣場。

在廣場的鎂光燈照耀之下，只剩下餘量還很充足的黑松劍菱與真面。

結果美咲最後也沒有打掃。

十二月二十六日

1

建築物當中，還飄散著一點發霉的氣味。雖然會有陽光透過窗戶灑進來，但真面覺得就保存書籍這點來說並不太好。

真面跟水面來到了圖書館。這裡是距離連根山最近的圖書館，位在開車需要十五分鐘才能抵達的地方。兩人想找的是當地的鄉土資料，希望可以調查出跟心之盒還有體之石有關的一些記錄。

在像是文化中心的建築物當中，鐵製書架擁擠地排在一起。或許是為了盡量活用有限空間，書架與書架之間的通道相當狹窄。真面看過去的書架上陳列了許多精裝的書籍，每本書感覺都滿老舊的，書背的標籤也全褪色了。

「好像在二樓呢。」

水面看著掛在牆上的樓層介紹說。

他們踩著亞麻地板的樓梯走上二樓。上去之後的左手邊有一間寫著「資料室」的房間，並擺了六張長桌跟鐵椅。

裡面沒有其他人在。環繞著室內牆壁的書架上，緊緊塞滿了報紙的既刊以及像是厚重字典一樣的書。

兩人各自在資料室的書架上尋找相關的書籍。他們並不是因為明確知道要找哪一本書才來這裡，而是在書架上一本一本看過去，並挑出感覺會記載當地古老傳說的書籍，堆積到桌上。

他們先選了幾本之後，就坐到座位上。當真面翻開第一本書，還看不到兩行，坐在對面的水面就向他搭話道：

「是說，哥哥。那個戴面具的女生啊……」

真面昨天回到宅邸之後，就將他在廣場發生的所有事情都跟水面說了一輪。那個穿著制服又戴面具的少女，還有她說就是自己在打掃廣場的事情，以及被關於岩石的情報吸引，而幫她跑腿買東西的事情。

「竟然把哥哥耍得團團轉，還真有兩把刷子呢。」

「我徹底被她騙了。」

「我今天早上跑去問媽媽，知不知道有人在打掃那個廣場的事情，結果她說不知道有人在做這種事。也就是說，『宅邸的人都知道』這句話是在說謊嗎？」

「嗯——……那就不是有得到許可啊。但我覺得她確實有在打掃喔，畢竟那裡看起來肯定就是有人在打理才對。」

「說得也是呢。我也覺得應該沒幾個狂人會想跑去打掃那種什麼東西都沒有的廣場。那個女生是國中生嗎？」

「她自稱是。不過她穿著制服，我覺得這點應該不是在說謊。她穿的是深藍色的水手服吧，繫著紅色蝴蝶結。」

「她該不會是穿黑色褲襪吧？」

「這個嘛，確實是有穿呢。水面，妳有什麼頭緒了嗎？」

「那大概是木野國中的學生吧，下山之後很快就能看到了。住在山附近的孩子，大家都是念那所學校喔。雖然我是念私立的。」

「她果然是住這附近的孩子啊。」

「那麼，哥哥……」水面的身子探出桌面。「講得直白一點，你覺得那個戴面具的女生，跟遺書提到的『面』有關係嗎？」

「我不知道。」真面也坦率地回答。「確實是出現了實體的面具，如此一來，盒、石、面三點，在物體方面就都湊齊了。但也不能保證那個面具就是遺書中提及的面具呢，搞不好只是在某個地方的祭典買的面具。」

「所以你的意思是，覺得那個面具少女跟這件事沒關係嗎？」

「我沒說到那個份上。不如說，我反而覺得有關係的可能性還比較高。以這次的情況來說，要斷言這是偶然才比較困難吧。」

「如果這是碰巧，未免也太剛好了呢。」

「嗯。沒幾個孩子會戴著面具四處徘徊吧。而且那樣的女生還偶然出現在體之石附近的機率，應該會更低才是。不過，還是會讓人覺得太剛好了。但要說到這個機率的印象，也當不成任何證據就是了呢……」

「三隅先生也說過，印象是很重要的。」

「也是有這樣的意見。」

「總之，還是很想知道她是哪一戶人家的孩子呢。而且既然有在打掃我們家的山，也想對她好好道謝一番。哥哥，這還得拜託你不是只問她的名字，姓氏也要問一下才行。」

「嗯。下次遇到她的時候再問問看吧。」

「啊，但是……那個女生還會來廣場嗎……」

「總覺得會再來。」

「哎呀，為什麼呢？」

「她感覺很閒啊。」

2

兩小時左右過後，真面他們離開了圖書館。

在那之後他們調查了一些鄉土資料，卻還是沒看到可能和體之石或心之盒有關的記錄。在調查資料的時候，真面只找了可能帶有含意的情報，但水面就連感覺無關的鄉土記錄也讀得樂在其中。看來人文學系的水面跟工學系的真面興趣大相逕庭。水面甚至借走了幾本資料，將沒時間查完的部分帶回家看完。

「好像有妖怪呢。」坐在副駕駛座的水面，一邊翻閱著借來的書這麼說。

「妖怪？」

「嗯。這個地區留有大型野獸般的妖怪大鬧一場的軼聞喔。發生在奈良時代。」

「奈良時代也就是一千三百年前的事了吧。是怎樣的妖怪？」

「在這份文獻中只記載了像個大型動物而已……還寫說一躍就能飛越山嶺呢，這是真的還假的。」

「畢竟只是軼聞傳說嘛。要是有那麼大型的動物在路上晃來晃去，人類就沒辦法過上一般的生活了吧。最後牠是被制伏了嗎？」

「書上沒有寫到那麼詳盡耶。而且平安時代也有鬼女的故事。」水面開心地繼續翻閱下去。

「我對老家這個地區的歷史也產生一點興趣了。」

「那妳畢業之後就回老家來吧？叔叔他們也會很高興才是。」

「哎呀，我還想繼續念研究所呢。」

「研究所啊。妳想念到博士嗎？」

「這個嘛……如果有這個機會，確實是想專注深入做研究。哥哥，你呢？」

「現階段我也想繼續念到博士吧。」

「你說現階段，是還在考慮其他發展嗎？」

「不，這倒是沒有。只是聽同一個研究室的朋友說，念研究所的第一年就是要思考未來發展的時期。」

「我覺得那在進入研究所之前就該想好了吧。」

「妳說得對。不過我在未來發展這方面，也還沒決定好一個明確的目標就是了。站在我的立場來看，也不能對那傢伙說三道四。」

「我以為哥哥想成為研究人員呢。」

「現在是這樣沒錯啦。」真面隨便答道。車子悠悠地在寬廣的省道上前行。路上車子這麼少，讓真面覺得開車也很有趣。

「那麼，哥哥。接下來要做什麼呢？」

「不是要回去了嗎？」

「都難得開車出來了，要不要去別的地方繞一繞？」坐在副駕駛座的水面露出魅惑的笑容。

「要去超市逛逛？」

「不是啦……我們找個地方玩嘛。」

「有那種地方嗎……」

真面陷入沉思。可以確定的是，至少在視線範圍內沒有那種地方，而且坐在副駕駛座的水面也在沉思。看來她會這麼說，也不是因為有想去的目的地。

「以前來這裡的時候，我記得有間DOM DOM漢堡吧。」

「去DOM DOM漢堡是要玩什麼？」

「可以吃漢堡。雖然沒得玩就是了。」

「那間店倒了。」水面冷淡地說。

「倒了啊。那住這附近的人不會覺得傷腦筋嗎？難得有這麼一間可以外食的地方耶。」

「倒了之後變成麥當勞。」

「原來如此。那就……」

「我不去喔。」水面再次冷淡地說。

「那這附近的其他設施……啊，這麼說來有一間娛樂設施。」

「咦？在哪裡？」

「哎，就在這條路上啊，有間健康樂園。」

「哥哥……」水面露出悲痛的表情。這讓真面費解地想著是有哪裡不好了。

「……不過，也是啦，這附近確實沒什麼可以玩的地方。你沒來的這段時間，開了一間新的蔦屋跟大型連鎖的電器賣場，但應該也只有高中生會開開心心地跑去逛蔦屋吧。」

「我很喜歡逛電器賣場喔。有賣電腦嗎？」

「是有啦……但看著電腦好玩嗎？」

「滿不錯的啊，我常跟朋友一起去。」

「我實在難以理解。」

「那個朋友啊，是個叫蒔田的傢伙，他說也很常帶女朋友去逛。」

「蒔田先生的女朋友只是在配合他吧？真可憐。」

「但蒔田跟那個女生同居，所以也會跟女朋友一起看些家電吧。既然是要兩個人一起用的，當然還是一起選會比較有趣。」

水面稍微想了一下之後說：

「那就去逛電器賣場吧。」

3

真面便宜買到了之前就想要的隨身碟，心情很好。由於電器賣場正在做年末特賣，每天都有不一樣的限定特價品，這天剛好就是隨身碟。

另一方面，水面卻覺得不如預期而感到失落。她所想的似乎是兩人像新婚夫婦一般挑選家電的遊戲，但那情景要在雙方合作之下才會成立，因此當然是以失敗告終。

踏上歸途的車子開上前往宅邸的坡道。

「哥哥，要不要繞去廣場看看？」水面這麼提議。

「想調查體之石嗎？」

「嗯。既然實體就近在身邊，就會想頻繁做點田野調查嘛。而且搞不好那個戴面具的女生也會出現。」

「會嗎？她應該不會每天來吧？」

車子停在延伸到廣場那條路的入口處。雖然只要解開鐵鏈車子就能開進去，但也不用走幾步就會到那裡了。

兩人爬上砂石路往前走。

一走到廣場，就看見體之石前方佇立著一道穿著大衣的人影。

「哥哥……就是那個孩子嗎？」

「嗯，應該就是昨天那個女生。」

兩人走近了那道人影。聽到腳步聲而轉過頭的她，臉上依然跟昨天一樣戴著白色的動物面具。

「今天是兩個人來啊。」美咲說道。「那個女孩……該不會是水面吧？」

「咦？是的。」突然被叫出名字，讓水面感到困惑。美咲好像認識水面，但看樣子水面果然也沒見過美咲。

「這還真是長成一個大美人了。」

「謝謝。」水面露出文雅的微笑。美咲的年紀明明比較小，卻沒對水面擺出應當的態度，對此她也只是優雅地應對。

「妳知道我是誰呀？」

「知道啊，是水面大小姐吧。」

「妳呢？是住在山腳的人家嗎？」

「是啊。我住在新田那邊。」

「妳來這裡做什麼呢？」

「妳沒聽那個傻子說嗎？我是來打掃的啊，打掃。」

真面雖然被叫成傻子，但他昨天親身得到了教訓，知道她就是這樣的女生，所以沒有什麼特別的反應。然而水面現在替他露出了不高興的表情。

「哥哥才不是傻子呢。」

「哎呀？你們是兄妹啊？」

「不，是堂兄妹。」

「原來如此。總之，站著也不好說話。到那邊坐吧。」美咲抬著下巴指向那張長椅。「對了，傻子，你去把昨天的酒拿來。應該沒有扔掉吧。」

「呃，是沒有丟掉啦……」一想到又要幫她跑腿，真面也露出了抗拒的表情。這時，水面悄聲對他耳語。

「哥哥，現在就先照她的話去做吧。我們還得問出這個女生的身分跟面具的事情。而且讓我跟她獨處也比較好套話，因為這種狀況下，女生之間會比較好聊。回家之後，我會再詳盡跟你說的，哥哥。」

真面點了點頭。反正要陪美咲也很麻煩，水面若是願意代勞跟她溝通就太好了。

「那我就回去拿了。」

「今天可別再說不喝了喔，記得用走的回來。」

4

二十分鐘後，回到廣場的真面迎面聽見的是水面揚聲說話的聲音。

「哥哥真的是傻子耶！」

真面的內心湧上一股悲傷的情緒。

「對吧～健康樂園也太扯了～」

「竟然說要去健康樂園玩……我才二十二歲耶……為什麼是健康樂園……」

「哎呀，別這麼說嘛。蠢的是那個男人，健康樂園是無辜的。而且那裡的溫泉還滿不錯的喔，也有美白效果呢。」

「哎呀，真的嗎？」

水面跟美咲在空蕩蕩的廣場中，坐在長椅上大聊特聊。真面回想起學生時候也有看過班上女生像那樣聊開的畫面。看來大學生跟國中生也能聊得起來。

「啊，傻子來了。」美咲這麼一說，水面這才驚覺並朝著真面的方向看去。很遺憾，從她的表情看來，應該是還沒問出個所以然。

「來，昨天的酒。」真面遞出了袋子。

「哦。」美咲朝著袋子裡看去。裡頭除了酒，還有以帆立貝裙邊製的零食。「有貝裙邊啊。」

「人家給的。」真面想起昨天因為沒有下酒菜而被她罵的事情，便去拜託熊拿了一點下酒菜來。

「原來如此，還有學習能力啊。很好，就讓你從傻子升格為小傻子吧。」

「謝謝喔。」

「哥哥才不是傻子。」水面這麼幫腔道。美咲一邊從袋子裡拿出酒瓶喃喃著「真是狡猾啊」。

美咲將清酒杯遞給他們之後，分別替兩人斟酒。接著也在自己的杯中斟酒。

「哥哥，你是要給她喝酒嗎？」

「不，她不會喝。」

「沒錯。」

水面不是很明白他們兩人這樣的互動，並歪過了頭。

等三人手中都拿到酒的時候，水面重振精神並坐挺了身子。看來現在才要進入問出情報的重頭戲。

「那麼，美咲。」

「什麼事？」

「妳姓什麼呢？」

「舞面。」

水面跟真面不禁面面相覷。

「開玩笑的啦。我叫澤渡。」

「請妳別開這種奇怪的玩笑好嗎，害我以為妳也是相關人士呢。」

「什麼的相關人士？」

「跟、跟我們家有關的人啊。」

看著差點就露出馬腳的水面，真面覺得這樣不行。

「說什麼相關不相關的，在這個狹小得要命的偏鄉，大家都跟彼此有關吧。尤其是舞面家，祭典的時候都會幫忙出錢，大家都覺得很感激。我們家的人也有說過『水面妹妹就像全鎮的孩子一樣呢～』這種話。」

「那真是……謝謝各位。」水面露出微妙的表情道謝。

「怎麼，妳有事情想問我嗎？」

「嗯，有幾件事。像是……」水面做作地將手抵在臉上。「妳那張面具的事情。」

「妳為什麼想問面具的事啊？妳不是在調查那個岩石嗎？」

「是沒錯啦……但妳一直戴著面具，就會讓人很在意嘛。」

「唔嗯。」美咲坐著仰望天空。短暫的沉默之後，她依然抬著臉喃喃地說：「要告訴妳也不是不行。」

「真的嗎？那可以請妳跟我說嗎？」

「哎，別著急。這是有條件的。」

「條件？」水面感到費解。

美咲的臉朝真面那邊看去。「你先稍微離開一下。」

「要我離開一下……？」

「你就走到差不多那個燒垃圾的地方。我有話要跟水面講，說完就會叫你了。」

真面儘管困惑，還是照她說的迴避了。她究竟想對水面提出什麼條件？

踩著有氣無力的步伐走遠到垃圾焚燒場，真面這時發現這一帶飄散著焦臭味。只見焚燒場裡燒落葉的火還在悶燒著。看來她今天已經打掃過了。

真面環視四周，只見這個廣場的地上四處都是石頭跟砂石。才覺得這個地方很難用掃帚打掃，真面便發現根本沒看到掃除用具。難道她是用手將一片片落葉撿起來的嗎？

「什麼！」

真面回頭看去。水面的一聲驚呼都從長椅那邊傳到這裡來了。只見水面雖然壓低了音量，她好像還是相當激昂地在跟美咲講話。真不知道究竟是提出了什麼條件。

過了一陣子，美咲舉起手來叫了真面。看樣子是談完了。於是真面也回到長椅那邊。

「說吧。」美咲這麼催促水面。

「那個……現在變成我們三個人要一起去健康樂園。」

「嗯？」真面聽了還是摸不著頭緒。究竟是要怎麼談才會變成這樣啊？

「我久久也想去那邊泡個澡。」美咲說道：「帶我去吧。」

「是沒差啦。」

「既然美咲都說到這個份上，那也沒辦法了呢。」

「那什麼時候要去？現在就去？」

「不，得先預約才行，年末時期的人潮很多。話雖如此，今天打電話問的話，就能預約到明天或後天的時間了吧。」

「想去健康樂園還要預約嗎？」

「因為要過夜嘛。」

「什麼，要過夜？那間店就在附近而已耶。」

「你們想知道這副面具的事情吧。好歹給我看看這點能耐啊。」

「妳家人會同意嗎？」

「只要說是跟舞面家的人一起就沒問題了。」

「可是……」

水面向遲遲不肯答應的真面耳語道：「我覺得照她說的去做比較好。畢竟她本人都有想說的意思了……」

「喔，對了，水面。」美咲叫住她，並從書包裡翻找出手機。「來交換手機信箱吧。」

5

回到宅邸的兩個人，打電話去健康樂園預約到住宿了。就像美咲說的，年末這時候的來客數似乎很多，只能預約到兩天後的房間。原本真面還想早點解決叔叔請託的事情回到自己的公寓去，看樣子好像得再多待一段時間才行，讓他感到有些洩氣。

晚餐的餐桌上有叔叔影面、嬸嬸鏡、水面以及真面四人，全都到齊了。前天三隅也跟大家一起吃飯，昨天則是影面因為工作關係而晚歸，因此今天還是第一次只有家人一起吃飯。

「真面，你不要客氣，盡量吃喔。」鏡開心地說著：「飯還有很多呢。」

「這些料理全是鏡嬸嬸做的嗎？」

「是啊，跟熊小姐一起做的。還是多一點人一起吃飯比較好呢，料理起來也有成就感。平常都只有我跟丈夫兩人而已，通常都交給熊小姐去準備就是了。但她煮的料理，就是……該怎麼形容才好呢…………………………比較西式啦……」

看著鏡在挑戰語彙極限的樣子，真面也不禁感到心酸。

「在那之後，有調查出什麼關於心之盒的事情了嗎？」

影面問起真面調查的進度。剛好真面也正想將昨天沒跟他說的事情，在今天一併向他回報。

「雖然我有調查過心之盒了，但在這裡還是無法調查出明確的結果。需要一些設備，才有辦法繼續調查下去。」

「這樣啊。在這個家裡確實也很難進行呢。水面，妳那邊調查得如何了？」

「現在正在調查從圖書館借來的一些文獻……但希望有點渺茫呢。另外，我將盒子跟岩石的照片寄給大學的朋友了，搞不好那邊可以調查到一些東西。」

「嗯，你們慢慢來就好了，畢竟這是花了幾十年也沒有解開的謎題嘛，我也不覺得在這短短的兩三天內就能查明。」

「是說，叔叔。我有一個提議。」真面說：「可以將那個盒子寄到我的大學調查看看嗎？」

「哦？」

「其實我本來是想借回去調查，但在這邊突然有個約。不過研究室當中既有器材，我朋友也閒來無事，送過去那邊，應該不用幾天就能跟結果一起送回來。當然，前提是可以讓我這樣寄出去就是了。」

「那倒是沒關係，只要別傷到那個盒子就沒問題，而且我本來也想找個時間將那個盒子拿去給專門的業者調查。如果現在就能幫我做這件事，那可是如我所願啊。要是進行檢測需要一筆花費，我這邊也能出錢。」

「應該可以免費處理吧。研究室的教授也很喜歡那種東西。」

「真面，若是用你大學的機器進行調查，就能再多辨明一些關於那個盒子的事了嗎？」

「嗯，或許還可以看到內部。」

「咦！」水面拔高了一聲。「哥哥，可以透過機器看到盒子裡面嗎？」

「也要看金屬板的材質與厚度而定。很薄的話，只要提高X光的強度，也能穿透過去。要是各面的壁板太厚，或是內含X光難以通過的金屬，可就沒轍了。」

「那心之盒就交給真面處理。」影面說：「至於體之石……應該什麼都不知道吧。」

「是啊，完全沒有頭緒。」水面答道：「那不管怎麼看，都單純只是一個岩石。

雖然我們為了確認有沒有接縫而將整個岩石都看遍了，還是完全沒有發現。」

「也是呢。那個岩石我也是自從出生就看到現在，從來沒有看過那類的線索。」

「所以，若是存在著某種機關，應該就只剩下位於岩石下方這個可能性而已。移開體之石之後，在它下方究竟藏著什麼呢？又或者是有什麼線索遺留在岩石的底面？吶，爸爸，要不要將那個岩石抬起來看看呢？如果用爸爸公司的建築機械，應該有辦法才對……」

「確實是可以辦到，但說真的，沒有這個必要。」

「咦？為什麼？」

「那個體之石啊，就是我在年輕的時候把它移到那個地方去的。」

「什麼！」水面發出驚呼。

「那是在妳出生前的事情了。雖然體之石現在位在廣場一角，但以前其實是在更靠近森林的地方。可是那邊的地面土質鬆軟，下雨時會有坍方的疑慮，所以才會把體之石抬起來，將它移動到地盤比較紮實的地方。」

「那麼，岩石的底部是……」

「移動時我當然也看了底部，很可惜的是那裡什麼也沒有。石頭原本擺放的地方也為了地面補強而挖過了一次，但還是沒有發現任何東西。」

「竟然……」水面大嘆了一口氣。「真的什麼都沒有發現嗎？會不會是埋藏在裡面的東西太小，不小心看漏了呢？」

「我是沒有看得那麼仔細……但應該沒有發現任何東西才是。不過當時只有挖到一定程度的地方，說不定在更深處會找到什麼線索。」

「嗯——更深處……」水面稍微想了一下就說：「爸爸，可以出動挖土機嗎？」

「妳真的想挖？」影面皺起了臉。

「因為，線索只剩下那個而已啊。既不是在岩石當中，也沒有留在岩石底面，那就只剩下岩石底下這個可能性了。之前沒有看漏的話，就該挖到更深的地方才是。」水面揚聲這麼主張。

「現在沒有很忙，也不是不能調動機械啦……」影面顯得有些不情願。「但還是晚一點再挖吧，先等盒子那邊的結果出來也行吧。」

「那麼，收到盒子的調查結果之後就開挖吧。」水面泰然自若地說。真面覺得這樣的思考模式，也是她的魅力之一。當然，也會有很多人因此傷腦筋就是了。

「對了，比起這件事……爸爸。」水面換了話題。「有面具。」

「面具？」

「對。我跟哥哥在那個廣場上遇到一個戴著面具的女生。」

聽到水面這番話的瞬間，影面的表情突然蒙上了一層陰霾。

「戴著面具的……女生？」

「咦？是的，沒錯。」發現這個變化的水面也感到困惑。

影面皺著眉垂下視線，像是要回想起某件事情一樣。

「爸爸，你怎麼了嗎？」

「是戴著白色的……像是狐狸的面具嗎？」

水面驚訝地睜大雙眼。「沒錯，是白色動物的面具。爸爸，你心裡有底嗎？」

真面補充了其他情報。「感覺像是和風面具那樣長型的面具。上面有兩個耳朵，看不出是狐狸還是狗的那種面具。」

影面依然垂著視線聽真面說明，表情跟剛才一樣嚴肅。兩人等著影面繼續說下去。

「我知道那個面具。」

影面對兩人說希望晚點可以到他的房間去。接下來的時間礙於影面沉痛的表情，便無法再提起面具的事情了。

6

真面跟水面進到舞面影面的書房。

和室裡有個裝著玻璃拉門的書櫃，以及一張大桌子。木製的桌子相當老舊，看得出來是影面的愛用品。桌上擺有收納文件的抽屜、桌燈以及紙鎮等東西。穿著一身和服坐在椅子上的影面，讓真面覺得與其說是一間公司的老闆，更像一位作家。

「爸爸。」水面朝他喚了一聲。

「你們坐在那邊的椅子吧。」

兩人在影面所指的椅子坐下，隔著書房的桌子與影面正面相對。

影面的表情還是有點難看。

「爸爸，你剛才說知道那個動物的面具……」

「嗯。」

影面一邊回應，就伸手拿起放在桌上的紙製盒子。那個大概B４大小的盒子又平又薄，從外觀看來感覺是收納畫框或相框之類的東西。原本似乎是個白色的盒子，但紙張都已經變色泛黃，應該是相當老舊。

影面將盒子遞到兩人眼前。

「給你們看比較快。」

水面沒有將盒子拿起，而是直接用雙手打開了蓋子。

盒子裡是一張收在相框內的照片。

照片中是一對男女，穿著和服的男性站在右邊，左邊則有一位少女坐在椅子上。

然而真面與水面的視線都只注視著一個地方。

因為那位少女的臉上就戴著那個白色動物的面具。

兩人都難掩驚訝。

「就是這個！爸爸，就是這個面具！」水面興奮地說道：「這張照片究竟是……」

影面語氣沉重地說：

「那張照片上的男性，就是舞面彼面。」

兩人再次看向那張照片。

年紀大概二十五歲左右的男性，臉上掛著溫柔的微笑，面容卻十分清瘦。雖然掛著微笑，看起來卻不怎麼健康。這個人就是舞面財閥的始祖，舞面彼面啊。

「他就是我的祖父，也就是你們的曾祖父。那張照片應該是在二十五歲左右時拍的，也就是說，他在這之後大概只活了十年而已。光從照片應該也能看得出來，舞面彼面似乎是個體弱多病的人。」

「他旁邊這一位是？」水面指著照片上的少女問道。

戴著面具的少女穿著白色上衣以及黑色長裙，就像以前女子學校的學生制服。然而少女的態度一點也不適合這樣優雅的打扮，不但將手肘撐在手把上拄著臉頰，還蹺起二郎腿，感覺相當目中無人。

「唔嗯……」影面停頓了一拍之後說：「其實我也不知道。」

「不知道？不知道她是誰嗎？」

「對。既不知道她的名字，也只留下這麼一張照片，而且還戴著面具，因此也看不出她的長相。我不知道這個女生是誰，也不知道她又是舞面彼面的什麼人，而且我的父親也不知道。」

「若要說她是彼面先生的孩子好像也太大了，會不會是親戚家的孩子呢……」水面盯著照片一邊思考。

「但是這個女生……」真面也再次看著照片說：「該怎麼說呢，感覺很跩耶。」

「就是說啊。而且，爸爸。拍下這張照片時的彼面先生，已經是個富豪了吧？」

「是啊。這張照片應該是他開始從銀行業拓展多角化經營時拍的，所以當時已經成立起一大財團了。」

「那不就是大老闆了嗎？面對地位這麼高的人，她還能擺出這種態度。真的不是親戚家的調皮小孩嗎？」

「雖然不確定是不是親戚……」影面說：「但關於這個女生，我有聽說另外一件事。」

「什麼事呢？」

「嗯，這也是聽我父親說的。父親應該也是從別人那邊聽來的，所以不知道是真是假，不過據說舞面彼面偶爾會帶著這個戴面具的女生一起行動。像是出門時會跟她一起走在路上，甚至聽說有時會帶她出席商談的場合。」

「帶一個戴著面具的女生，出席商談的場合？」水面歪頭感到費解。

「不知道原因為何，還聽說這個女生受到近乎董事的待遇。這應該也是我父親透過親戚聽來的事情吧，也不曉得有幾分可信度。畢竟那時父親也才出生不久而已。」

「竟受到舞面財閥的董事待遇……這可是相當不得了的一件事。這個人到底是何方神聖啊……」

影面垂眼看向照片，便輕輕笑了起來。

「我聽說這個面具少女的事情時，也做過各式各樣的推測。我還曾經想過，搞不好經營舞面財閥這方面的事情都是出自她的發想，立場就像舞面彼面的智囊團那樣，但全是一些超乎常理的想像。」

影面這麼說著，就啜飲了一口擺在桌上的咖啡，看起來比剛才更沉著了一點。見狀，水面突然察覺了一件事。

「吶，爸爸。」

「嗯？」

「剛才在吃飯的時候，有提到面具的事情吧。總覺得爸爸那個時候的表情非常嚴肅……」

聽到水面的提問，影面的表情再次蒙上陰霾。

「爸爸，如果是我誤會了，在此先向你道歉。但關於這個面具，你是不是還有沒對我們說過的事呢？」

影面沒有對上水面的視線，只是平靜地放下咖啡杯。書房內陷入一片沉默，而打破這個氣氛的，就是影面的一句輕聲呢喃。

「我也有見過這位戴著面具的女生。」

兩人睜圓了雙眼。

「是什麼時候，在哪裡見到的呢？」水面緊接著影面的話問道。

「已經是幾十年前的事了，當時我還小，應該還是個小學生。我一個人在那個擺有體之石的廣場玩，玩到忘記時間，四下也不知不覺昏暗了下來。漸漸感到害怕的我想著要早點回家時，廣場的入口處站了一個人。當時的情景我直到現在也能鮮明地回想起來。那是一個穿著深藍色水手服的長髮女生，而且她的臉上戴了一個白色的動物面具。小時候的我，覺得那個女生是鬼。不，說真的，我現在也覺得她搞不好就是鬼。我受到恐懼感的驅使跑了起來，為了不被鬼抓到，我遠遠繞過那個女生，盡全力逃離了廣場。」

影面整個人靠在椅背上。

「結果，就那麼一次而已。在那之後，我再也沒有見過戴面具的女生。或許也是因為我沒再去過那個廣場了吧。」

影面露出了自嘲般的笑。

「直到聽水面說起這件事之前，我原本已經完全忘記那個幽靈跟這張照片的事情了，一回想就不禁焦急起來，或許是那個戴面具的女生已經帶給我心理陰影了。說來丟人，但我那個時候真的相當害怕。」

影面長嘆了一口氣，表情看起來和緩了許多。或許是因為向兩人說出口之後，心情上也得到解放了。

不過，相較於影面的釋懷，這次換水面皺起眉間，認真地陷入沉思。

「爸爸。爸爸，你看到的那個女生真的是學生嗎？她當時戴著面具吧？」

「當然，我不知道她實際上是幾歲，只是因為穿著制服，才會覺得她是一個年輕女生。不過，就她給我的印象來說，身形看起來大概像個國中生。」

聽了影面這麼說，水面「嗯——」地沉吟著，並再次看向照片。

真面在腦中計算年代。照片上的女生看起來也像個國中生。這張照片應該是在戰時或是戰前拍攝的吧。而影面說的時間點是當他還在念國小的時候，因此距離這張照片應該已經過了三十年。

如果照片上的少女當時十幾歲，影面念國小的時候她應該已經四十幾歲了。如此一來，照片上的女生跟影面所看到的女生，照理來說是不同人才對。

這時，水面驚覺地抬起頭來。

「哥哥……」

水面一臉認真地說：

「美咲該不會是幽靈……」

「如果是的話……」真面答道：「妳的手機裡就存有幽靈的手機信箱了。」

聽完影面說的事情之後，真面回到房間打包要寄送去大學的包裹。

他在小小的紙箱裡塞了報紙作為緩衝，並將用布包裹的心之盒放入其中。明天一大早寄出去的話，應該隔天早上就會送達大學。

真面事先寄了一封電子郵件給蒔田，也順便寫好要寄給三隅的電子郵件。像是至今調查到的事情以及一些新的發現，連面具少女的事情也寫上去了。另外還在附件加上剛才用相機翻拍的舞面彼面的照片，這才按下傳送的按鈕。一瞬間就能傳送出去的電子郵件，以及要花上十幾個小時的宅配。真面覺得可以將速度差距這麼大的事情當作同一件事處理，都是多虧了人腦的罕見能力。

他看向打包好的紙箱，裡頭放著心之盒，現在還不知道盒子裡有什麼東西。美咲知道心之盒裡的東西嗎？

真面不禁心想：要是知道的話，真希望她可以用電子郵件告訴自己。

十二月二十八日

1

「連根山健康樂園　和煦之佛」是緊鄰省道的大型入浴設施。八〇年代開幕時還是連根山健康中心，前年設施全面翻新後，就改成現在這個名稱了。館內除了有七種浴池之外，還有餐廳、按摩、美容沙龍、卡拉ＯＫ、漫畫專區以及麻將專區等設備。另外也有提供住宿，還備有住一晚附兩餐的方案。泉質是含鈉、氯化物的強鹽溫泉，針對神經痛、關節痛、消化器官的症狀、畏寒以及慢性婦女病等方面具備療效，再加上還有美肌效果，泡完可以讓肌膚變得光滑，因此女性給予的評價也很高。

以前的連根山健康中心是只有這個地區的老人會來進行溫泉療法的寂寥設施，但賭上公司命運的一大翻新奏效之後，現在甚至還有很多客人是特地從其他縣市過來的。而且在翻新之後，單純來泡溫泉的費用也維持在健康中心時代的價格，讓附近的高齡者依然會前來進行溫泉療法，讓整個設施受到不分男女老少消費者的歡迎。

真面駕駛的車子開進了傍晚的停車場。雖然停車場占地相當遼闊，卻已經停了八成左右的車子。

他熄火之後先下車，坐在副駕駛座的水面也跟著下來，隨後打開後座的門，面具少女這才下車。

水面穿著一身俐落的紅色大衣及優雅的靴子，美咲則是穿了可愛的毛領大衣搭配牛仔褲，兩個人的穿搭都很符合她們的年紀。打扮風格完全不同的兩人，唯一的共通點就是都揹著鼓鼓的大包包。對於只揹著一個扁扁肩揹包的真面來說，實在很疑惑她們究竟都帶了什麼。

三人走向特別打光的大型建築物。那就是連根山健康樂園的本館。入口的玻璃門上張貼了手繪的蔬菜市集海報，以及每日溫泉的輪替表等。

「有福壽效的溫泉耶。」水面看著那個說道。

「就是藥浴吧。這對皮膚也很好，對痘痘或乾裂都很有效喔。」

「那就得去泡了呢。啊，美咲，妳看那邊，好像有在賣什麼東西喔。」

「是明太子吧。」

兩個人開開心心地進到裡頭去了。為什麼女生可以這麼快就打成一片呢？雖然腦中瞬間閃過「解析女性的思考或許還能幫助解決戰爭」的問題，但馬上又覺得應該會產生反效果。例如被視為戰爭女神的女武神身為女性這件事，應該也是加諸了某種意圖吧。真面看著在討論要不要買明太子的兩人不禁這麼想。

忽然間，他發現土產店的店員用奇妙的眼神看著美咲。以她的樣子來說這也是理所當然，不過在她身旁的水面看起來一點也不在意，而且真面也是直到現在才發現這個事實。看來感官在不好的方面漸漸麻痺了。

水面從櫃檯人員手中接下房間的鑰匙。三人搭上電梯，來到位於這棟建築物較高樓的客房樓層。

在五樓的五〇二號房前，水面將鑰匙交給真面。

「哥哥的是這個，在我們房間隔壁。」

「我知道了。晚點見。」

跟兩人道別之後，真面進到自己的房間，裡頭是五坪左右的和室。真面還以為會是商務旅館那樣的房間，沒想到比預料中還更有旅館的感覺。

放好了行囊，才想說先喝杯茶的時候，馬上就傳來敲門聲。

開了房門，水面跟美咲就接連進來了。讓她們進到房內之後，美咲依然用自以為是的態度坐下，相對的，水面則是機靈地幫大家倒茶。

「我去泡個澡，你們先等我一下。」美咲用很跩的態度，說了這番很跩的話。

「不能一起去泡澡嗎？」水面問道。

「跟妳一起泡澡的話，就沒有戴面具的意義了吧。」

「妳洗澡的時候面具會拿下來啊？」

「那是當然。」

洗澡時面具當然會拿下來，但就美咲來說，到底哪些事情是理所當然，不聽她本人說還真的不知道。總之，現在知道她不會戴著面具洗澡了。

「說穿了，妳為什麼要遮住臉呢？」

「那是我的事，不是面具的事吧。我是說過要告訴你們面具的事，但沒必要連我遮住臉的理由都對你們說。」

「這是歪理。」

「就是歪理啊。」

拋下這句話，美咲就站起身說「用不到兩小時，你們去看個土產也好」，就直接走出房間了。水面輕輕嘆了一口氣。

「我是想過要泡澡的話她應該就得把面具拿下來了……看來也沒這麼簡單呢。」

「不過我覺得，就算要她把那個面具拿下來，應該也沒什麼意義。搞不好只會看到一張普通國中生的臉而已。」

「可是，哥哥。她可是把臉遮起來了喔，而且還那麼堅持不拿下來。應該還是別有隱情吧？」

「是嗎……她的目的也不一定是要遮起來吧。」

「咦？什麼意思？」

「面具有幾種作用。代表性來說，就像妳剛才講的要遮掩東西。那麼，另一個呢？」

「啊，這樣啊……」水面驚覺地說道：「喬裝，對吧。」

「對。喬裝成那個面具意指的東西，夜市攤販賣的面具就是這個意思。就像扮成了特攝片裡的英雄一樣。」

「但那個面具可是動物喔，而且畫得沒有很像，連要扮成什麼動物都不知道。」

「除了動物，那個面具還能喬裝成別人啊。也就是跟舞面彼面一起拍照的那個女生。」

「啊！」水面發出驚呼。「也就是說……美咲是要扮成照片上的那個女生嗎？」

「但我覺得這個可能性很低。幾乎沒有人知道原本那個人物，就更不明白她喬裝的意義在哪裡了。而且我們只是碰巧看到那張照片，至少可以認為她扮成那樣並不是為了要給我們看。」

「也是呢……啊啊，真是的。美咲究竟是有什麼目的啊……」

水面皺起眉間，手也拄著臉頰。真面也稍微想了同樣的問題之後，喃喃說道：

「她是真的有什麼目的嗎……」

2

真面不是一個會泡澡泡很久的人，毋寧說，他把該洗的地方洗乾淨之後就會馬上出來。但今天卻泡得比平常還要久，因為他要依序泡過大浴場的七種浴池。

按摩浴缸跟冷水池這些在大學附近的大眾澡堂裡也有，但他第一次體驗了通電浴池。身體一泡進浴池裡，肌膚表面就會有刺刺的發麻感，讓真面回想起以前在教科書上看到的原始生命誕生圖。在那幅畫中，高能量的紫外線跟雷打入富含營養成分的太古海洋中，促進化學反應並誕生了生命。如果最初的生命是透過落雷的能量而生，那個生命經過三十八億年的時間，又再次將身體泡進帶有電流的液體裡了嗎？真面想著這種事情，心中卻沒有任何感慨。

換上館內浴衣的真面走出了浴場。在約好見面的大廳環視了一圈，但同時去泡澡的水面似乎還沒出來。結果真面泡澡的時間只有三十五分鐘，只不過是比平常的十五分鐘久一點而已，水面理當還在泡澡。一想到水面搞不好再一個小時都不會出來，真面就走出大廳，在健康樂園裡面四處亂晃。

館內有可以吃點輕食的休息區、擺了一排按摩椅的休息區，以及可以在地上躺著睡一下的休息區等，除了在走路的以外，所有人都在休息。走上二樓還有可以一邊看漫畫一邊休息的區域。美咲就在那裡。

美咲身邊堆著一疊漫畫，看起來很悠哉。雖然跟平常一樣戴著面具，但她穿的不是真面身上那種館內浴衣，而是深藍色的運動服，胸口上還刺繡著「澤渡」二字，看樣子是學校的體操服。

「妳在看什麼？」

美咲抬起臉來答道：「《青春男孩》。」

「妳說什麼？」

「《青春男孩》。」

美咲又重複了一次書名，並將書背推給真面看。似乎是少女漫畫，但真面不知道這部作品，便只是冷淡地回了一聲「喔」。

「晚餐要吃什麼？」

「在你們去泡澡時，我先吃過烏龍麵了。」

「咦，妳已經吃了啊？」

「所以你們不用顧慮我喔。我還要繼續看《青春男孩》一段時間，你跟水面一起去吃吧。」

真是個我行我素的孩子，但這也不是今天才知道的事情。真面說著「我知道了」就點了點頭。

「相對的。」美咲將漫畫闔了起來。「你們吃完飯之後，我想去個地方。」

「嗯？哪裡？」

「酒吧。」

3

「餐酒館小松」就位在一樓大廳的深處。入口豎立著一面大型的木製門，讓人無法窺視店內的樣子。店門口也沒有擺放菜單，能靠整個外觀得到的資訊只有這是一間酒吧而已。真面不禁思索起店面這麼有壓迫感到底有什麼好處。這是他人生第一次踏入酒吧。

店內光線滿昏暗的，當中大約有十個吧檯座位以及三張桌席。雖然裡面有給人唱卡拉OK用的小舞台，但現在沒有人在唱歌。一張桌席上有一對中年男女正相談甚歡。店內的客人除了真面他們之外，就只有那兩人而已。

三人坐在吧檯前的座位。

一位穿著圍裙，看起來應該是店長的中年女性，在三人面前擺放了濕毛巾。店長好像也覺得美咲的面具很奇妙，但沒有特別說什麼。

「啊，有在地紅酒耶。」水面看著小小一張菜單這麼說。「我要點紅酒。哥哥呢？」

「只要酒精濃度不會太高都可以。我也點一樣的好了。」

「紅酒啊。」美咲湊過來看菜單。「沒什麼機會喝到呢。」

「妳每次到最後也沒喝吧。」

「我也點這個吧。」美咲無視真面的抗議這麼說。

酒杯跟酒瓶端上來之後，水面就在各自的酒杯中斟了酒。三人拿著酒杯輕輕敲響了一下，但誰也不知道這是為了什麼而乾杯。美咲跟平常一樣將酒杯拿到靠近嘴邊的地方，並說了一句「還不錯」，隨後又跟平常一樣將酒杯放下。

坐在美咲身邊的水面像在品嚐紅酒般啜飲著。她穿著館內浴衣又披上浴衣外套，並將一頭長髮盤起來。平常都藏在頭髮下的後頸，在昏暗的店內就像用剪刀裁切下來一樣明顯。

「對耶，水面也已經到了可以喝酒的年紀了。」

「哥哥，你現在才發現嗎？我在廣場也喝了吧。」

「我現在才發現。」

「真是的……」水面噘起了嘴。

坐在三人身後桌席的那兩個人已經結帳，正要離開了。中年的男子一邊說著「有點醉了呢～」心情很好地離開了酒吧。店內就只剩下真面他們跟店長而已。

「嗯。」美咲將酒杯放到桌上說：「我也醉了呢。」

不但只斟了一杯酒，而且一滴也沒有喝，真面不禁覺得這孩子是在說什麼啊？

「哎呀。妳還好嗎？」

「我先回房間好了。水面，鑰匙借我。」

「啊，好的。」水面從上衣的袖口中拿出鑰匙交給她。

「我先睡了。」

美咲這麼說完之後，就拎著鑰匙悠哉地離開了。由於實在太過突然，真面就連插上一句話的時機都沒有。

「明明是她自己說要來的……」

「美咲也是個國中生嘛，想必會憧憬酒吧之類喝酒的地方。但一進到店裡，應該也馬上就發現並不是多特別的場所，因此點上一杯酒就滿足了吧。」

「是這樣嗎？」

「就是這樣。」水面像是看透一切地這麼說。

「我還以為她是要在這裡講面具的事情。」

「明天再去問她吧。」

真面總覺得水面莫名好講話。之前比較想找出面具祕密的人明明是水面，相較之下現在的反應還真是冷靜。

「來，哥哥。」水面拿起酒瓶。

「不，我這杯還沒喝完呢。」

「那我喝囉。」水面將酒瓶遞給真面，示意要他替自己斟酒。一直都把水面當成小妹妹的真面，也覺得自己替她斟酒這件事滿不可思議的。歲月這種東西本來就是無論何時都在持續流逝，但這讓他對此多了一點真實感。

「哥哥。」水面說：「你為什麼會去念研究所？」

「真是突然的問題。」

「會嗎？」水面刻意歪過頭並露出微笑。

「這件事之前是不是說過了啊。我不是有什麼明確的理由才選擇念研究所的喔。」

「嗯，但應該也有個大致上的原因吧？就結果來說，哥哥並不是選擇就職而是繼續升學，只要不是擲骰子決定的，就一定有某種想法造成影響才是。」

「如果前提是這樣的話，確實是有理由啦。」

「是什麼呢？」

「這個嘛……硬要說的話有兩個。一個是因為到了大四的時候，我還沒有明確想要從事哪個方向的工作。另一個原因是，我當時覺得如果是研究的話，要再做一陣子也不錯。」

「說起來感覺滿消極的呢。」

「或許吧。但這就是最正確的說法了。」

「我以為哥哥會更喜歡做研究。」

「我喜歡做研究啊。」

「明明喜歡，卻只是『再做一陣子也不錯』嗎？」

「對啊。這並不矛盾吧。」

「是這樣嗎……嗯～……」水面陷入沉思。

「水面，妳為什麼要念研究所？」

「因為我真的非常喜歡現在在學的東西。比起就職，我很明確地覺得繼續升學更有魅力。」

「這才是正確的升學理由。」

「但是，這個原因也只占了一半吧……」

「一半？那另一半呢？」

「另一半就是……因為哥哥，你繼續念研究所的關係。」

真面愣了愣。

「我繼續升學，跟水面要不要繼續升學，有什麼關聯性呢？」

「不，沒有關係。」水面像在揀選詞彙般說道：「雖然沒有關係……不過也是呢，如果要用言語說明，就是當我聽說哥哥要念研究所的時候，不禁產生了『要是沒跟著去念研究所，就會被哥哥拋下』這種想法。」

真面歪過了頭。

「我不太懂耶……」

「是啊，我自己也不太明白。我跟哥哥的學院及科系都完全不一樣，而且也不是誰先誰後的問題，但我那個時候確實這麼想了。為了不要跟哥哥拉開更大的差距，我覺得最合適的方法就是讓自己也進入研究所。」

「這就是妳決定升學念研究所的另一半理由？」

「對。這樣很奇怪嗎？」

「很奇怪。」

「也是。」水面有點自嘲地露出微笑。「很奇怪呢。」

這段對話就此打住，徒留店內老派的背景音樂流竄在兩人之間。真面總之先將紅酒斟入水面的酒杯，水面感覺很開心地接了下來。

4

沒有見面的這五年，水面也變成熟了。然而這想法只維持了最初的三十分鐘。

當她一個人喝乾第二瓶紅酒的時候，水面對真面窮追猛打地逼問他在學生時代與女性交往的經驗，並時不時真誠地說著真面有多傻，更時不時深切地說起真面有多糟。

第三瓶的威士忌少了一半時，水面滔滔不絕地用流行音樂比喻現代日本中守護神的職責，一講就沒有停歇。就這部分的話題來說，真面也是聽得津津有味。結束足足六十分鐘的演講之後，水面教授一邊遙想著神明大人，就趴在吧檯上睡著了。真面跟那位女性店長交換了一抹苦笑，並揹起水面走出酒吧。

他揹著水面上到房間的樓層之後，就敲響水面她們的房門，卻沒有得到任何回應。試著轉動手把，也因為上鎖而打不開。美咲應該先回來了才是，難道已經睡著了嗎？

真面也別無他法，就將水面帶回自己的房間。他從壁櫥中拖出了一組床墊，讓水面躺上去之後，這才終於功成身退。水面雖然是個苗條的女性，但肯定也有四十公斤以上，就跟扛著四十台筆記型電腦一樣。真面這麼想，又增添了一點疲憊。

他在擺放於房間窗邊的椅子上坐了下來。

從五樓的窗戶看出去，眼前是一片沒什麼建築物的鄉下風景。由於幾乎沒有路燈，看起來比東京還要黯淡許多。這個暗夜跟寂靜成正比，靜到讓人難以相信現在跟不久前水面大肆喧鬧的時候是同一個夜晚。

真面並不討厭直到剛才的那種喧鬧。

跟大學的朋友一起聚餐喝酒時，大家也都是這樣喧囂。雖然真面自己不太喝酒，但他很喜歡跟大家一起喝酒的場合。一夜的酒席結束之後，又會回到自己的日常，去學習，做些事情，也會完成某種事務。接著又會舉辦為此歡慶的酒席，並在結束之後，再次循環下去。

真面稍微想了一下自己至今度過的日子，以及在那些日子當中的小小幸福。

他站起身來，打開房間設備的小冰箱，裡面只有啤酒跟冷酒而已。真面決定去買個茶，便走出了房間。

5

走廊走到底有一區自動販賣機。除了果汁以外，還有啤酒、菸跟哈根達斯等等的自動販賣機並排在一起。那邊還放著一組玻璃桌跟沙發，算是一個小小的休息區。而美咲就待在那裡。

她跟在酒吧道別時一樣，戴著面具，穿著運動服。桌上放著拉環打開的啤酒，以及吃完的哈根達斯。掛在休息區牆上的時鐘正好指向十二點整。

「水面呢？」美咲面向真面。

「她在房間睡著了。」

「喝醉了嗎？」

「嗯。因為妳不在，剛才我打不開房門，可是傷透腦筋了。」
「喔……水面那傢伙喝得真嗨啊……」
美咲一邊這麼說就站了起來，並將錢投入自動販賣機。她將匡噹落下的啤酒朝真面丟了過去。
「我是來買茶的耶……」
「啤酒跟茶差不多吧？」
「這分類也太隨便了。」
「都是用植物做成的飲料啊，一樣。」
美咲沒有搭理他，又再次坐回沙發。真面拿她沒轍，也只好在美咲對面的位子坐下，並打開罐裝啤酒。
「所以說，實際上是怎樣呢？」
美咲單手拿著啤酒晃了晃，這麼問道。
「什麼怎樣？」
「水面啊。你應該知道她對你有好感吧。可別說你沒有察覺喔。」
突然切入的這個話題，讓真面感到為難。

他確實隱約察覺了水面的好感。雖然真面自己跟他身邊的人都知道，他在這方面的經驗不是很豐富，但面對那麼明顯的好感，也不可能沒有察覺。

「但是，難保你不是已經發現了，卻選擇裝傻。」美咲看透真面的心，這麼說了。

「我也不是在裝傻……」

「哈。」美咲對於真面的藉口一笑置之。「不然是怎樣？雖然發現了，卻選擇無視嗎？是這種玩法啊。」

當然不是這種玩法。真面不知道該做何回答。

「我跟水面……對，就像兄妹一樣。我確實也覺得她變得很漂亮，但事隔五年，我們重逢才過了三四天而已。突然間就要我把她當一位女性看待，實在是辦不到。」

「辦得到吧。」美咲加強力道地說。「你捫心自問，辦得到吧。」

美咲再次這樣質問。雖然看起來是個國中生，但她說的話總是很敏銳。真面覺得她不是一個隨便回答就能打發掉的對象，便照她所說，捫心自問了。這也不是太困難的問題，很容易就能得出答案。而且得出來的這個答案，讓真面忍不住噤聲。

「你說說看啊。」美咲高傲地對他這麼說。

「辦得到。」

「沒錯，辦得到，你能將水面當作一位女性看待。『辦不到』這個回答完全是虛言、胡說、場面話，也是欺瞞。」

真面無法反駁。美咲說得沒錯，只把水面當妹妹看待的這種回答只是一場虛言，是他胡說，也是場面話，更是欺瞞。只要有那個意思，現在也能立刻把水面當作一位女性看待。他只是不願意這麼想而已。

美咲放下啤酒罐。裡面似乎還有滿滿的啤酒。

「我啊，也不是硬要把你跟水面湊成對。」

「不是嗎？我以為妳是刻意這麼設計的。」

「哦，你有看穿我在酒吧喝醉是演出來的啊？」

「任誰都看得出來吧。」

美咲在面具底下輕笑出聲。

「水面那傢伙不知道究竟是誤會了什麼，好像很崇拜你這樣的傻子，我只是稍微幫她一下而已。說真的，無論你跟水面有沒有在一起，都不關我的事。」

美咲靠上沙發的手把，並直直看著真面。

「其實啊，只是因為你說話太隨便了，我才想稍微挖個坑給你跳而已。」
「我有說什麼隨便的話嗎？」
「真是滿嘴謊言啊。」
聽到「謊言」這個詞，真面不禁臆測起一些頭緒。
這麼說來，還沒跟美咲提及舞面彼面的遺書那件事。確實是瞞著她沒錯，但這會被說成謊言嗎？她以前也揶揄過自己是個騙子。
「什麼謊言？」真面不讓自己露出有事瞞著她的態度，佯裝冷靜地問道。
「哈。」美咲再次冷哼了一聲。「謊言就是謊言。與事實相反的事情，以及不是真實的事情。而你，會說出自己其實沒有那麼想的事，會做你自己不覺得是真實的事。這不是謊言，又是什麼？」
真面搞不太懂她到底想說什麼，至少可以知道她並非在講遺書的事情。但謊言指的又是什麼？
真面為了傳達出自己不太明白的困惑，便皺起了眉間。
見他這副模樣，美咲的面具在一瞬間看起來像是笑了一樣。
「哈哈！聽不懂啊，你這意思是聽不懂嗎？真是的！比起這個面具，你戴的才是做工更精良的面具吧！」

美咲似乎在面具底下咯咯笑了起來。真面覺得自己跟不上她的情緒起伏。

「妳指的到底是什麼？拜託好好說明一下，讓我也能懂吧。」

「要我說明？要我說明到讓那麼聰明的你也能懂？」

「妳是什麼意思……在嘲諷我嗎？之前不是還一天到晚叫我傻子。」

「不，你很聰明，真的很聰明。這點小事，我看你的臉就知道了。」

「謝謝喔……」被一個國中生誇讚聰明，讓真面的心情有點複雜。

「別露出那種表情。好吧，那我就說明一下。但就算說出來也沒什麼幫助就是了。」

「拜託妳說吧。」

「這個嘛……」

美咲用手指抵在嘴上想了一下。

「在那之前，先來聽聽你至今的經歷吧。」

「經歷？」

「簡單的就行了。就像那個啦，會寫在履歷表上的那些事。念過哪間學校，現在在哪裡做什麼事情。我想聽你說這些。」

就算自己說了，真面也不認為這孩子有聽過那些學校，但他還是認真地回答了。

「經歷啊……」

「我從老家附近的行西國中畢業之後，升上都立的央國高中，之後就進入東央大就讀。後期的學院選了工學院，現在進到工學系的研究所，主要學習的是物理工學。簡單的說明大概就是這樣吧。」

「東央大啊。看來你是所謂的菁英呢。」

「我的經歷怎麼了嗎？」

「別急。唔嗯……舉例來說……」

美咲伸手指向真面。

「你在念國中的時候，就考慮過以後要升學的高中了吧？」

「當然有想過。」

「於是你就進入高中就讀了。念高中的那三年，你也跟其他人一樣享受了一段青春。當然，我並沒有知道得那麼細。你或許交過女朋友，也可能沒交過。你或許參加過社團活動，也可能放學後都直接回家。但不管怎麼說，那三年還是青春期。你身邊應該也發生過很多事情，而且你也參與其中，有過喜悅，有過悲傷，有過憤怒，也有過歡笑。」

美咲侃侃而談，說著她連看都沒看過的真面的高中時代。畢竟這樣的內容本身不過是普遍論調，真面也沒有異議。就像美咲說的，高中時經歷過喜悅、悲傷、憤怒以及歡笑，每天都過得很充實。現在真面心中也還留有那三年的回憶。

「『但是，沒有任何一件讓你感到驚訝的事情』。」

美咲的這句話，讓真面的心跳狠狠漏了一拍。

「『你在高中那三年發生的所有事情，全都在你的預料之中，沒有超出這個範疇』。你只是在自己預料的範圍內體會了喜悅、悲傷、憤怒以及歡笑而已。世界就在你自己定義的氣球當中，沒有發生任何會讓氣球破掉的事情。難道不是這樣嗎？」

被美咲這麼一問，真面回想起以前的自己。

有被社團活動的學妹告白過。也有跟朋友比試一些沒意義的勝負，並嘗過懊悔的心情，還有為了準備校慶而跟大家一起在學校通宵努力。這些事情，當下都確實大大撼動了真面的心。

然而，看著這一切的另一個自己，也說過一樣的話。

說過『也是呢，差不多就是這樣吧』。

「這樣的你，在念高中的時候，也考慮了大學的事情。」美咲繼續說下去。

「你升上大學，也在大學交到新朋友。開始自己一個人外宿，也增加了許多喝酒的機會才是。跟高中不一樣，等著你的是一個全新的環境。對了，你也有過女人吧，而且應該也跟女人分手過，但結果還是一樣。因為你的本質沒有改變，無論身在何處，當然也不會有什麼變化。就連大學那段期間，你都只是在自己的預想範圍內體會喜怒哀樂而已。」

真面沒有做出任何回應。

「接下來，你重複了第三次。在念大學的你，不禁考慮起研究所的事情，不禁做出了預想。所以你就算去念了研究所，還是跟以前沒什麼兩樣。未來也只會發生在你預想範圍內的事情，你也只會在預想的世界裡受到感動。」

美咲的一番話，在狹窄的休息區裡平靜地響起。

「你明知如此，還故作無知地活下去。告訴自己在學習及工作的成就感中得到幸福，也認同自己在跟友人互動時感受到的溫暖，將每天生活都抱持著目標在努力的自己的正確性明文列出。但那只是一張面具。你戴著面具活著，將真正的心情用面具掩蓋而活。」

「『你覺得膩了』。」

美咲像在指著塵土草芥一樣，伸手指著真面說：

「『你對於過去的人生，以及還沒發生的未來的人生都已經膩了』。」

美咲緩緩放下手臂。

「你的腦筋轉得很快，所以你會事先料想未來，並感到厭倦。接著，你就會對感到厭倦的自己問道『這樣真的好嗎？』。到了最後，就給自己戴上用道德、常識以及達觀所做成的面具。你這個人就是這樣，這種人生還會持續到未來喔。你從研究所畢業之後，就會開始找工作並出社會吧。然後將每天的工作都當成目標去達成，並感到滿足，接著再繼續進行下一個工作，像這樣度過一段充實的人生。儘管面具底下的你一直都是乾癟又飢渴的狀態。」

美咲一口啤酒都沒有喝。

真面也是一口都沒喝。

口都乾了。

「至於最經典的啊……」美咲咯咯笑了兩聲。「就是你那張面具實在做得太好，甚至都快要做出第二張面具來了。明明是替厭倦的自己覆上滿足的面具，卻還想再繼續覆上一張煩惱的面具。這是因為，你覺得『抱持這種煩惱才比較像個人』。」

大廳時鐘的秒針發出一直在指出正確時刻的聲音。

「你就是那個啦，童話故事當中會出現的，想變成人類的妖怪。」

美咲對真面說：他是妖怪。

「我啊，除了你之外，也曾遇過這類的人。偶～爾就是會出現這種傢伙呢。用處理事情的力量硬是矯正自己與世界脫節的地方，才得以活在這個世上。哎呀，這也不是什麼壞事，也不是會死人的疾病啦，又不是什麼文豪大作家。只不過是一輩子都戴著面具，並戴著面具死去而已。這件事情沒有善惡之分，任誰也不會發現的。誰都不會發現。只是……」

美咲用面具上那雙空洞的眼眸直盯著真面。

「如果我遇到這種人，就會把他的面具破壞掉。」

說到這裡，她垂下視線笑了。

「戴面具的角色，有我一個人就夠了啦。」

美咲自己一個人好像很開心的樣子，真面卻完全開心不起來。

現在的真面無法好好說明自己正在想些什麼。

兩人一滴啤酒也沒有喝。

然而那兩罐內容物在接觸到空氣之後，一點一點，一點一點地慢慢蒸發了。

6

隔天，在停車場可以看見三人的身影。

水面因為嚴重宿醉而皺著臉。美咲的手上則是掛著土產明太子。

真面跟水面進入車內。然而美咲依然站在駕駛座旁邊，沒有上車。

「妳不上車嗎？」真面打開車窗問道。

「我要走回家。」

「我會送妳回家。」

「別費心了。我玩得滿開心的喔。」

真面看著美咲的面具。

美咲也發現那道視線所帶的含意。

「之前有約好呢。就跟你們說吧。」美咲這麼一說，手指就攀上自己的面具。

「這張面具啊……」

一陣短暫的沉默之後，美咲說了。

「是舞面彼面留下來的面具。」

舞面彼面留下來的面具。美咲若無其事地這麼說了。

真面等著美咲繼續說下去。

然而，美咲卻轉過身，就這麼跨步離去。

「等一下，那是什麼意……」真面連忙從車窗探出頭來，對著美咲的背影喊道。

美咲這時停下腳步，隔著肩膀回過頭來。

「如果還想知道更多，就再到岩石那個地方來吧。」

但是……這麼說著的美咲稍微垂下頭。

這時，不知為何，真面覺得那張動物面具彷彿露出了悲傷的表情。

接著那張感覺悲傷的面具，用不是特別悲傷的語調悄聲說道：

「那可不是什麼有趣的事喔。」

美咲就這樣走遠了。坐在副駕駛座的水面難受地喃喃著「她果然跟這件事有闕……」。

十二月二十九・三十・三十一日

1

「換句話說，是我贏了吧。」

熊得意洋洋地挺胸說道。真面完全無法理解她這麼說是什麼意思。

「因為您把盒子拿去貼在廣場的岩石上之後，那位相關人士就出現了對吧？瞧，這不就證明了我的論點是正確的。」

「並不是將盒子貼上去就出現，而是將盒子貼上去之後，她才出現而已。這不能當作是因果關係的證明。」

「既然如此，真面先生。您能證明這件事絕對跟將盒子貼上去沒有關係嗎？」

「是沒辦法證明啦。」

「那不就是我贏了？」

「只是平手而已。」

熊說著「是嗎～」並歪過了頭，一邊推著購物車。

真面跟熊來到省道上的大型超市「Joyful玉村」買東西。因為要買很多食材，就請真面開車出來了。

「不過真是幫了我的大忙。我通常都是騎電動腳踏車來的，但今天得買齊新年期間要用的食材啊～如果是騎腳踏車就必須來回兩三趟才行。就買個真面先生喜歡吃的東西當作回禮吧。要選哪個呢？魚板嗎？啊，還是買昆布捲吧，昆布捲。」

熊將黑色的昆布捲放入購物車裡。真面不禁覺得黑白的昆布捲感覺不太吉利。

回過神來，今年也只剩下三天而已了。真面壓根就沒打算在這裡待這麼久，計畫全亂了。

將心之盒送去大學做檢查的結果，今天應該就會收到聯絡了吧。做完檢查馬上就會寄回來，所以盒子本身明天就會收到了才是。透過科學做的調查結束之後，真面的任務姑且就告一段落了。只要把結果拿給影面，剩下的事情交給水面之後就能回東京。

但是，真面猶豫了。

就這樣留下重重謎題，也確實會讓人在意遺書最後的結果。心之盒跟體之石當中究竟埋藏著什麼祕密？關於這點，他同樣滿感興趣的。如果可以解決，他也想等事情都解決之後再回去。

而且真面也有點在意嬸嬸鏡對他說的那番話，也就是叔叔的公司經營狀況不太好這件事。當然真面並不認為自己有辦法幫上什麼，也不是在妄想解開遺書的謎題之後，就會出現一座足以讓公司重振起來的寶山這種夢話。但叔叔一直以來都很照顧自己，偶爾也想為他做點什麼。

想到這裡，真面稍微搖了搖頭。

因為他發現，此時自己想的這些理由全都是謊言，是胡說，是場面話，也是一場欺瞞。

沒錯，其實真正的理由另有其他。

美咲的那番話。

前天晚上美咲毫無顧慮地說的那番話，全都像扎在真面胸口上的芒刺一樣拔不起來。

真面想拔出那些芒刺，在這份小小的刺痛感消失之後，抱持著爽朗的心情回去。他是這麼想的。

但是，每當真面要伸手拔掉芒刺時，另一個自己就會做出奇怪的面具戴上，只為了藏起那些芒刺。接著他會說：忘掉吧。只要包覆著這份疼痛繼續活下去，習慣了之後，就能若無其事地過自己的生活。這既是你至今的生活方式，未來你也會這樣活下去。這樣就好了，這才是正確的。戴著面具的另一個真面不斷反覆提倡著這些。

買好裝滿四個大袋子的食材，兩人便離開了超市。

2

真面緊盯著房間的天花板。

他覺得自己是在想事情，也覺得已經想出一個結論了。他對自己投以疑問，同時也覺得最清楚這個答案的人正是自己。

在腦中遲遲沒辦法統整出一個結論，他便坐起了身體。桌上擺著帶來的論文，但那也已經看完了。

相對的，真面翻開了跟水面借來的鄉土資料。

但這份資料水面已經看過了，她說沒有找到特別值得注目的資訊。既然連在這方面是專門的水面都沒有發現了，就算由真面這個外行人來看，應該也不會找到什麼線索。因此與其說這是在調查資料，其實只是出自興趣在翻閱而已。

這本書主要在介紹這個區域的歷史。比較近代的有戰後農地改革，久遠一點的也有提及明治時代的治水事業，繼續讀下去還有回溯到平安時代、奈良時代的事，但看到這邊感覺已經接近傳說了。以前聽水面說過大妖怪的故事，還有平安時代有鬼女住在山上的軼聞，都只刊登了一點而已。

關於舞面家的記述，只有在江戶末期的部分稍微記載了一些。因為是掌管以連根山為中心這地區的名家，才被列舉出來，但就沒有明治以後的記述了。就連舞面彼面拓展出財閥的事情也只有觸及短短兩行，並留下一句「這裡就是舞面財閥的發源地」而已。

大致上都看過一輪之後，果然沒有心之盒跟體之石的相關情報。於是他將水面確認過，自己也看過一遍的資料闔上。

看向時鐘，時針指向下午兩點。到了傍晚，他打算再去廣場一趟。美咲通常是在傍晚過後才會來，得再向她詳細問過一次才行。美咲說了「這是舞面彼面留下的面具」。那張面具到底是經歷什麼樣的原委留下來的？為什麼那張面具不是留在這個家裡，而是在她手上呢？

距離傍晚還有一點時間，但沒什麼事情可做，於是真面打開電腦確認信件。搞不好會有蒔田傳來的聯繫信件。

打開網頁確認信件時，他看見一封未讀信。

但那不是蒔田傳來的，而是三隅。

在去健康樂園之前，真面有寄信給三隅。他列舉出如有個名叫美咲的面具少女出現等，在他回去之後所蒐集到的情報，並寄了出去。真面猜想應該是針對這些事情的回覆，並點開了信件。

真面看過之後，不禁皺起眉間。

上頭簡單寫了幾句話之後，便記載了應該是三隅調查過的情報。

澤渡家

地址　〇〇縣連根山浦蔭町一－三七－六四二

家族成員

祖父　澤渡永一（已逝）

祖母　澤渡美佐緒
父親　澤渡一義
母親　澤渡悅子
長女　澤渡愛美

信件上記載了美咲家，也就是澤渡家的家族成員。

但上頭卻沒有美咲的名字。美咲說過她是國中生，實際上也穿著這附近的國中的制服。然而在澤渡的家族成員中，可能是這個年紀的人就只有長女愛美而已。

（是假名？）

真面想著那個戴著面具，並以假名自稱的少女。她是想隱瞞自己的身分嗎？但姓氏卻是據實相告，住家的大略地址也有聽她本人說過，感覺不像是有意隱瞞。

他回想起水面的話：搞不懂她的目的是什麼。

真面回想著美咲的一舉一動。然而從她至今的行動看來，讓人實在難以覺得她有一貫性的目的或是方向。她總是隨心所欲地現身，行為舉止也是隨心所欲的，並隨心所欲地喝了酒，就隨心所欲地消失了。那樣旁若無人的舉動背後，真的藏有什麼目的嗎？

真面寄給三隅一封簡單的回信，便關上了電腦。

3

她還沒來到廣場。

看向手機螢幕，才剛下午四點而已。天空還很亮，似乎有點太早來了。

真面一個人坐上長椅。

傍晚的廣場很是安靜。別說是鳥囀了，就連枝葉間窸窣的聲音也聽不見。感覺像是除了真面以外的時間都停了下來，實在太過安靜，卻也構成了一個太過濃密的世界。

真面看向染上茜紅色的天空。眼前有一片淺綠色的冬季森林，還沒有通電的燈泡，以及滿是謎團的體之石。真面的身邊確實存在著無論如何學習都無法盡數吸收的情報在奔騰。

然而我……

卻覺得膩了嗎？

在心中暗忖的疑問也無人能夠回答。

相對的，口袋裡的手機傳來的震動將真面喚回現實。

『嗨，真面。』

電話另一頭傳來蒔田的聲音。

『你拜託我做的事情處理完囉。抱歉啦，弄得有點久。你想，和久井老師也是個大忙人嘛。』

和久井是真面所屬研究的助教。要檢查真面委託的心之盒，就會用到研究室裡的X光之類的裝置，為此必須得到助教和久井老師的許可。

『我跟他說要是忙不過來，交給我檢查就好了，但他就堅持說想自己來做。一個四十好幾的男人雙眼發亮地這麼說，還威脅我要是擅自調查就要把我從研究室除籍。雖然我也不是不懂他的心情啦。突然寄來了一個這種像是小說裡會出現的奇妙盒子，老師當然也會卯起勁來。就算是X光裝置，也會覺得用X光照射它很值得吧。』

「聽你這樣講，我送去也值得了。那結果呢？」

『別急別急。有得到結果，所以我才會打電話給你。』

電話的另一頭傳來在翻動紙張的聲音。

『那麼，你聽好了。首先是打造這個盒子的素材。這是銅。雖然含有一些雜質，但大致上可以算是純銅的吧。不過說真的，金屬檢測只能測出大概而已。如果拿去其他研究室檢查看看，或許可以知道更正確的結果，但我們認為你應該也沒有要求完美測出盒子的材質，所以就沒有這麼做。』

「嗯，沒關係。」

『很好，請見證吧。』

儘管人並不在場，蒔田還是裝腔作勢地這麼說。

『做完金屬檢測之後，我跟和久井老師終於拿那個小盒子去照X光了。自從威廉·倫琴發現X光，並榮獲第一屆諾貝爾物理學獎之後，過了一百多年的今天還是讓人不禁感嘆：X光根本就是為了讓人知道那個小盒子內部構造而存在。』

「所以說？」

『別催嘛。我將小盒子放到樣本位置，並調整管電壓的數值，就回頭跟和久井老師交換了視線。我們的心情是一致的。和久井老師高聲宣言：「發射！」我便按下按鈕，讓肉眼看不見的力量傾注在盒子上！』

對方越講越大聲，真面便將電話拿遠了一點。

『然而結果很是淒慘。實驗過後，我們看見的是在空間中剪下一塊黑色正方形的照片。』

「咦？拍不出來喔？」

X光照片是利用黑白的濃淡表現的。就這次的狀況看來，白色的地方是X光沒有受到任何阻撓並大量透過去的部分，而黑色的地方則是X光受到遮蔽物的影響無法透過去的部分。照出了一個黑色正方形，就代表X光無法透過心之盒，而那部分就拍出了一塊漆黑的意思。

『但我們沒有輕言放棄。』

看來還有後續。真面安靜地聽他說下去，因為這樣才會比較快聽到結果。

『和久井老師皺起了眉頭，一邊咬緊牙關做出了最後的定奪。「把管電壓調到最大」。聽他這麼說，我下意識地從椅子上站起來喊道：「老師，那樣太危險了！」。』

並不會危險就是了。

『但是，已經任誰都無法阻止他了。不，或許我內心也希望能這麼做。我們將數值設定到最大，並挑戰了最後一次X光攝影。』

「有拍到嗎？」

『拍到了。』蒔田終於說出來了。『是我等的勝利。』

「那請說結果吧。」

『就結論來說……』

真面將耳朵貼上電話。

『裡面沒有任何東西。』

沒有任何東西。蒔田繼續說下去。

『首先針對盒子是否藏有機關這點來說，就透視看來裡頭不見任何機關。那個盒子乍看之下確實也像個方塊拼圖，但每一塊部件都是從內側緊密地嵌合上去，不存在任何一個可動的區塊。我想，大概是將每個部件組合起來之後，再用焊接之類的方式接合而成的盒子。也就是說，那個盒子不是方塊拼圖，因此絕對不可能在那個狀態下打開，它就是設計成無法打開的樣式。』

『而且等你看了照片之後應該也會知道，畢竟是將管電壓開到最大才好不容易能透過去，因此照出來的樣子非常模糊。再加上盒子表面又有密密麻麻的雕刻，因為拍到了那些雕刻，讓人更難判斷出裡面的樣子。所以，我也無法斷定裡面一〇〇%沒有任何東西。不過也有用電腦解析過啦，至少可以保證裡面九九%沒有任何東西。』

「這樣啊。」真面一邊思考，一邊回答。他當然也考慮過裡面沒有任何東西的可能性，因此對於這個結果本身並不是特別驚訝。

問題就在這之後。

『但舉例來說，也有內側寫著什麼文字的可能性呢。』

蒔田預測了真面的想法，繼續說下去：

『如果是用雕刻的，X光就能拍得出來，只是單純寫上去的話，或許就無法從這次的解析影像中判斷。因此還留有盒子壁面內側以顏料之類的東西寫了些什麼的可能性。若要說盒子裡還有什麼X光無法解析的情報，應該只有這樣而已吧。畢竟在解析時也沒有發現什麼線索，所以希望沒有很大就是了。』

蒔田的這番話跟真面的想法大致相同。若是盒子裡有什麼X光照片拍不出來的東西，頂多也只有文字或圖畫而已。裡面沒有任何東西的話，直接寫在壁面內側可能性就很大。

『能口頭告訴你的，大概就是這些事情吧。』

電話另一頭的蒔田「呼……」地吐了一口氣。

「我知道了。謝謝你。」

真面一邊回應，一邊在內心整理從蒔田那裡聽來的事情。

X光透過去的心之盒、沒有任何機關的部件、沒放入任何東西的空間，以及殘留在內側的可能性。

當這些條件合而為一的時候。

真面的腦中產生了一個小小的想法。

那真的是平凡無奇，又極為理所當然的想法。

然而就在那個瞬間。

真面覺得自己發現了可以將扎在心上的小小芒刺拔掉的方法。

為此。

他必須先破壞掉覆蓋在芒刺上的面具才行。

「蒔田。」

『什麼事？』

「我想順便拜託你一件事。」

真面說完之後，便掛上了電話。

那天，美咲沒有出現在廣場上。

就只有廣場上的燈泡一明一滅地閃爍著。

4

廣場上的燈泡一明一滅地閃爍著。

隔天。

在夕陽西沉的廣場上，真面跟水面顯得走投無路。燈罩下的燈泡背負著必須營造出走投無路這種氛圍的使命燃燒著，用所剩無幾的生命照亮兩人。感覺已經快要點不亮了。

「她沒有來呢。」

「就是說啊。」

真面今天也是下午四點之前就來到這處廣場等待了。宿醉到了第三天終於重新歸隊的水面，今天也一起來了。然而到了晚上七點的現在，美咲還是沒有現身。

「如果還想聽到更多事情，就到岩石的地方來。她確實這麼說過吧。但昨天跟今天竟然都沒有出現。會不會是發生了什麼事呢……」

水面露出相當擔心的表情。真面覺得這份坦率就是水面的優點。相對的，真面就沒有想這麼多了。如果是美咲，就算做出把人叫來自己卻沒現身這種事情也是大有可能。

「不對。她沒來的話，應該是有什麼難以過來的理由才對。」水面自信滿滿地說出這樣沒憑沒據的意見。

「又不是推理小說，不一定所有事情都有讓人認同的理由。她覺得要來到這裡很麻煩，才是最有可能，也是最為妥當的原因吧？」

「這樣講也太狡猾了。」水面要求這個世界給出一個任性的保證。

「不然舉例來說，妳會想到什麼樣的理由呢？」

「舉例來說……像這種的如何？她察覺到自己用美咲這個假名的事情被揭穿了，所以才會迴避我們。」

「她要怎麼發現？」

想要知道用假名的事情已經被揭穿，就必須侵入真面的電腦，並偷看三隅傳來的信件才行。

「也就是說，美咲其實是超強的駭客。」

「妳的邏輯跟熊小姐越來越像了呢，水面。」

水面不禁雙手抱頭顯得失落不已，這讓真面覺得自己說了很過分的話。這個想法也讓他覺得，自己對態的態度也是有點過分。

「這麼說來，水面。妳有傳簡訊給她嗎？」真面問道。水面知道她的手機信箱。

「昨天我傳了，但沒有收到回覆耶。現在打電話看看好了。」

水面立刻就撥出了電話，並將手機貼到耳邊等了一下。

「沒人接。」水面掛掉電話。

「她是不是覺得膩了啊？」

「怎麼這樣，她要是擅自覺得膩了，我們可就傷腦筋了。我們這邊要處理的事情都還沒做完耶。」

「這理由也很自私就是了。」

「既然如此，那也沒辦法了。哥哥。」

「嗯？」

「我們去美咲她家吧。」

真面差點說出「在年末的這種時候不請自來，會不會造成他們家的困擾」，結果還是選擇噤聲不語。

因為他知道，當水面露出這種表情的時候，就再也聽不進別人的勸了。

5

澤渡家就位在下了連根山之後，車程兩三分鐘的地方。

家的前方就是一大片田園。由於周遭也有幾處民家，所以不知道那片田是不是屬於澤渡家的。水面說過，雖然這一帶有很多農家，但也有滿多人是到城鎮上工作。

下車之後，兩人走進澤渡家的庭院。雖說是庭院，感覺跟公有道路的界線也有點模糊。建築物本身是古老的日式房子，外頭有板壁，上頭也有老舊的磚瓦屋頂。

真面按下電鈴之後，從家裡頭傳出「來了～」這樣大聲的回應。

拉門隨之開啟。出來應門的是一位差不多年過四十的女性。

「哎呀，請問你們哪裡找？」

「初次見面，妳好。」水面優雅有禮地打了招呼。「我們是愛美的朋友，前幾天有跟她一起去健康樂園……」

「什麼，妳該不會是水面吧？」

那位女性睜圓了眼。

「啊，是的。」

「哎呀～」女性笑逐顏開。「真的是長大了呢，啊，不對，是變漂亮了呢。妳不是去東京念書了嗎？」

「是的，最近返鄉回家。」

水面面帶笑容地答道。對方似乎很清楚水面的事情，但水面應該不認識她吧。

「對了對了，你們好像都在陪我們家愛美玩呢。」看來這位女性是美咲的媽媽。「她有沒有給你們添麻煩呢？那孩子很有精神吧，但她必須多認真念書才行。水面啊，妳回來這邊的時候，可以替她複習一下功課嗎？」

「不介意的話，當然可以呀。」水面依然帶著笑容回答。或許這只是在陪笑，但完全看不出來。真面不禁覺得，她真是個舉止都很得宜的大小姐。

「那麼，請問愛美現在在家嗎？」

「啊～你們等一下喔。」

那位女性轉身走進家裡。在她轉身的瞬間，兩人聽見她悄聲說著「是不是又要到半夜才會回家啊」，不禁面面相覷。

女性很快就回來了。

「她好像出門去了，晚上應該會回來吧。要打電話給她嗎？反正她八成就在這附近閒晃。」

「我有她的電話號碼，不然我打電話給她看看好了。不好意思，突然上門打擾。」

「說這什麼話呀～」

在那之後，兩人從女性手中接過了白蘿蔔，就離開澤渡家了。

車子在連通至宅邸的斜坡上行駛著，四周天色已經暗了。

雖然又再打了一次電話，美咲還是沒有接。

「美咲該不會是不良少女吧。」坐在副駕駛座的水面說道。

「她媽媽說了『半夜才回家』對吧。一個國中生在外面玩到這麼晚，不太好吧。」

「但說穿了，這附近也沒有什麼可以玩到半夜的地方。」

「車站前有居酒屋。」

「她最有可能去那裡呢……」

兩人皺起眉頭。

「啊，對了。這麼說來，哥哥。」

「嗯。」

「心之盒的X光照片是今天會收到嗎？」

「嗯，大概吧，昨天晚上收到已經寄出的通知了。我有請對方寄急件，心之盒也會一起寄回來。」

「話說回來，裡面竟然沒有任何東西啊……」水面感到苦惱地垂下了眉。蒔田在電話中說到的內容已經轉告給她知道了。

「但是，等盒子送回來之後，還是有些已經辨明的地方喔。」

「怎麼說？」

就在這時，兩人看見一台車從對向車道開過來。那正是宅配的送貨車。跟兩人搭的車子錯身而過的送貨車，就這麼沿著坡道而下。

水面露出閃閃發亮的眼神看向真面。實在拿她沒轍，真面便稍微加重了油門。

6

在真面房間的桌子上，擺了一個比送過去的時候還要大的紙箱。水面有些興奮地坐在他身旁。

「這個箱子好大喔。裡面不是只有心之盒跟照片而已嗎？」

「應該是不想折到X光照片，才會用這個尺寸的箱子吧。裡面大概是空蕩蕩的喔。」

「照片就在這裡面，啊啊……」水面不禁喊了出聲。「哥哥，請快點打開讓我看吧。」

「這照片助教也看過了，就算再看一次，我不覺得還會出現什麼線索就是了。」真面一邊說著，就將箱子上的膠帶撕了下來。打開之後，只見裡面放了一個剛好符合紙箱尺寸的大公文袋。

水面從一旁探出身子。

「哥哥，我可以看嗎？」

「請看。」

水面用雙手小心翼翼地將公文袋拿出來。那是在封口附有鈕扣，再用繩子捆起來的信封類型，做得很牢靠。

「拍出心之盒內部的照片……」

水面嚥下一口口水，便緩緩將手伸向封口的繩子。真面覺得「她看起來還真開心」，並將包在一堆緩衝材料紙裡的心之盒從紙箱中拿出來。心之盒本身也有用氣泡紙精心包裹著。

水面像在細細品味一般，將封口的繩子一圈又一圈慢慢解開。

在剩下兩圈就要解開的那個當下。

水面的眼睛驚訝地放大了。

「哥哥，那個！」

水面興奮地顫抖著指向桌上。

打開蓋子的心之盒就擺在眼前。

「開著的！哥哥！心之盒的蓋子開著！」

水面大喊出聲。

「是開著呢。」

真面滿不在乎地伸手拿起打開的盒子。

心之盒被分成了以五面構成盒子的部分，以及剩下一面被分成兩塊的部分。真面用雙手將盒子拿起來觀察。五面的盒子內側可以看到部件彼此相互嵌合，並連接起面與面，構成盒子的形狀。但不管看哪一個部分，整面都只有跟表面一樣的金屬色澤而已。被分開的兩塊內側也是一樣，上頭既沒有文字，也沒有圖畫。

「原來如此……」

真面深感興趣地看著，但水面遲遲無法從驚訝之中抽離。

「什麼都沒有呢。」

「這是怎麼回事！」

水面撲上前來，緊盯著被分割開的心之盒。

「真的打開了……」

「只要看過一次就會知道是開著的吧。」

「但、但是，這是怎麼辦到的？」

「因為從X光照片看來，可以了解到這個盒子是做成打不開的構造。所以，我看看……是這個吧。」真面拿起一小塊部件，並指著它的內側說：

「我就請人用機械切開它了。」

「機……！」水面漸漸從驚訝中復原的雙眼又再次睜大。

「這個部分就是打開的關鍵，也就是判斷為最後接上的焊接點呢。透過X光判斷出構造之後就很簡單了。只要切開這個地方就好，而且大學裡也有這樣的器材。要是被送回來了就很難再這樣做，所以我就順便拜託他們了。」

「哥哥，你說順便……竟然順便就切開了心之盒……」水面不禁瞠目結舌。

「竟然就切開？」

「咦……因為……」水面說到這裡就不禁語塞。她心裡想著打算要繼續說下去的話，然而遲遲無法將接下去的話說出口。

「沒錯。水面，就一如妳現在所想的。」真面將盒子放下之後說：「既然知道裡面沒有任何東西，那就算切開盒子，也不會發生任何問題。而且妳看，切開的地方是焊接點，若是想要將盒子恢復原狀，只要再次焊接起來就行了，當然無法完全恢復到原本的狀態啦。無論如何，這都是被設計成無法打開的盒子，因此除了破壞以外的手段，都不可能有辦法確認裡面所有的情報。」

「但是……可是哥哥……」水面問道，還是一副無法接受的樣子。

「水面，我知道妳在想什麼。只是妳現在無法化作言語的那個想法，就跟熊小姐的想法一樣喔，也就是『心之盒藏有我們不知道的祕密』這個可能性。那只不過是過度的期待罷了。既然可以破壞這個盒子調查事情，當然也能恢復原狀。這就是個沒有任何含意的金屬盒子，僅此而已。」

真面將視線落到盒子上。

「實際上，就算把盒子打開了，也無法解釋心之盒的意義，以及遺書那句話的意思。」

水面也看向盒子。直到昨天都還不知道內容物的心之盒，就算辨明了內部的樣子，它散發出的存在感也沒有任何改變。盒子的謎題依然沒有解開。

「思考裡面什麼都沒有的心之盒所代表的意義，正是舞面彼面所留下來的問題。」

「裡面什麼都沒有的盒子的意義……」水面重複說了一次。「接下來才是真正的問題所在呢……」

「沒錯。」

「但是我……」水面一臉消沉地看著盒子。「說真的，我覺得很無力，哥哥……

我原本深信心之盒裡面絕對有著可以讓我們前往下一步的階段。就算X光照片看起來什麼都沒有，應該也會像哥哥之前說的，內側寫有文字才是。然而，就算打開了盒子也一無所獲……」

「也是有在打開心之盒之後得到的斬獲喔。」

「咦？」

「就是『盒子裡什麼都沒有』的這個情報，以及將盒子打開的這個事實。」

水面失望地趴了下來。

「這一步太小了啦，哥哥。」

「這是很重要的一點。」

「有沒有……有沒有看漏了什麼呢，一定有吧……」

水面用手抵在嘴邊沉思了起來，真面也重新看向被分解開的盒子。然而不管重看幾次，被分解開的盒子也不會產生什麼變化。真面覺得，現在需要的不是盒子的變化，而是自己想法的轉變。

這時，水面突然抬起臉來。

「哥哥……那個箱子。」

「嗯？」
「木箱，那個木箱啊。收著心之盒的那個。」
「哦，那個木箱。怎麼了嗎？」
「遺書上寫的盒子，會不會故意讓人誤以為是心之盒，但其實是指那個木箱呢？」
對於這個沒頭沒腦的假設，真面睜圓了雙眼。水面沒有搭理他，便繼續說下去：
「也就是假像。乍看之下，被包覆得很仔細的金屬盒看起來就像是心之盒。然而那個木箱也可以說是一個盒子。而且，最重要的證據就是……」
「因為上頭寫著『心之盒』？」
「沒錯。」水面直直豎起食指。
「總覺得……很像是小學生的猜謎耶。」
「又或者是將兩者合而為一才能成為心之盒。雖然那個木箱除了金屬盒之外沒有放入任何東西，但我們並沒有將它調查得很仔細。那也有可能是個雙層結構的箱子呢。」
「我們確實是沒有調查過那個箱子啦。」

「肯定還藏有什麼……像是這個金屬心之盒的說明書之類。我去拿過來。」水面這就站起身來。

真面覺得她的發想還滿有趣的。

（但如果真的有說明書那種東西就省事多了。）

就在這時。

（…………說明書？）

真面腦中的某個東西連結起來了。

他不禁屏息。

也斷開五感。

斷開所有感覺，只專注於內側。

接著進到腦中。

就像追著那個連結跑一樣。

（說明書）

（manual）

（guide）

（explanatory note）
（experience）

（心之盒）

（既然如此……）
（面具就是……）

「水面。」
他出聲叫住正要伸手打開拉門的水面。
「哥哥？」
水面回過頭來。
「成立了。」
「成立？什麼東西成立了？」
「假設。」

「假設？哥哥，假設是指？」

「心之盒跟體之石的，解謎的假設。」

「謎題解開了嗎！」

「不，我也還不太確定，所以才說是假設。是不是真的，也要經過證明才會知道。」

「請告訴我吧，哥哥！要如何解開盒子跟岩石的謎題！」

「我會說，而且也要告訴叔叔才行。要證明這個假設，就需要叔叔的協助。」

「爸爸的？」

「對，而且還有另一個人。必須得到最關鍵的人物的協助才行。」

「那是指……」

「沒錯。」

真面點頭答道：

「就是美咲。」

7

十二月三十一日。

這天被稱作除夕，會吃跨年蕎麥麵等帶有風俗習慣的食物，寺廟中也會敲響除夕鐘。神社會湧入大批參拜人潮，因應這些人的夜間攤販也會熱鬧地並排在一起，大家一邊回顧著過去的一年，並遙想新的一年，心情也會因為用一百日圓買來的預言紙片而感到開心或難過。

這些全是人類所想出來，也是人類在做的事情。

以前真面在時間從十一點五十九分五十九秒變成〇點〇分〇秒的瞬間，都不覺得這有什麼意義。換日的瞬間每天都會來臨。說穿了，日期時間這種東西本身就是以人類的價值觀為基準，他覺得這件事不存在世界的真理。

然而經年累月下來，真面的腦中漸漸堆積起新的情報。這些資訊在他的腦中建立起新的價值觀，並與舊的價值觀互爭之後和解，慢慢構成了舞面真面這個人格。要定奪這樣被創造出來的自己正確與否的也是自己。經過自我組織化而成的自我人格，與水分子自我組織化而成的雪花結晶，就本質來說真的有哪裡不一樣嗎？不，在那之前，自己連一個結晶都還構成不了。

看著自己的內心，裡頭有個做出面具的自己，也有個想破壞面具的自己，還有一個對於這些事情完全漠不關心的自己。然而他們全都是自己，都只是在協助本質的人格而已。

自己的本質正感到飢渴。

帶著滿心的渴望。

就像美咲說的，自己心中潛藏著飢餓又乾渴的凶暴人格，往後也會一直潛藏在心裡。自己已經決定好要讓他一直戴著面具，並繼續默默養在腦中一隅。他將會在腦內的單人牢房中度過、結束這一生。

但是。

偶爾要將他放出來也可以。

這是在真面心中產生的全新價值觀。

傍晚的廣場上。

她就站在體之石前面。

雖然是除夕，美咲還是穿著跟第一次見面時相同的制服及大衣。她將手插在口袋裡，面對著體之石站在那裡。

「美咲。」

回過頭的她，還是跟平常一樣戴著白色的動物面具。

「是你啊。」

這麼說完之後，美咲又重新面向岩石，並眺望了起來。真面站到她的身旁去。

「妳這兩天都沒來呢。」真面問道。

「是啊。」

「我昨天跟前天都有來等妳耶。」

「是喔。」美咲平淡地答道。「哎，發生了很多事啦。」

「妳是來告訴我關於面具的詳情吧？」真面一邊說著，就將手機從口袋裡拿了出來。

「我可以也把水面叫來嗎？我跟她約好了，如果妳有來，就要跟她說一聲。」

「這個嘛……」

美咲想了一下之後說：

「不可以。」

「咦？不可以嗎？」

沒有想過她會拒絕，真面不禁回問。

然而美咲沒有搭理，只是逕自轉過身就跨步走了出去。

「走吧，你也跟上。」

「要走去哪裡？」

「去約會。」

8

走下連根山之後，再沿著省道走一段路，就能看到一間神社。神社附近的路邊擺滿了整排的夜間攤位。以現在的時間看來，儘管要進行除夕參拜還太早，卻已經有很多人來到這裡了。孩子們在人潮的縫隙間鑽來竄去的，營造出祭典般的熱鬧氣氛。

「畢竟這附近沒什麼娛樂嘛。」

大家都很期待祭典呢。美咲這麼說。

兩人穿過夜間攤位，走上連接到神社境內的階梯。

降下薄暮的境內，換作是平常就會讓人覺得昏暗又有些毛骨悚然，然而今天整片區域都包覆在橙色的燈火之中。從階梯走到本殿的整條參拜道路，也化作夜間攤販的遊行路線。

真面跟美咲在燒烤及點心香氣的縈繞下走著。無論走到哪裡都會顯得格格不入的面具少女，唯有在這裡莫名融入了四周的氣氛之中。

美咲在半路的攤販前停下腳步，並點了兩杯甘酒。她接過用紙杯盛裝的甘酒之後，就催促真面付錢。真面一邊覺得「我想也是」便付了錢。

走完參拜道路，兩人就抵達了本殿前面。現在當然還沒有人來參拜。就算現在來參拜，保佑的效力也只有六小時左右而已吧。

美咲環視了四周之後，就指向位在本殿旁邊的矮石牆，對真面說「去那邊吧」。兩人走了過去，便並肩坐下。祭典的燈火再怎麼樣都不會延伸到本殿背面來。兩人所在的地方，大概就像祭典與外頭的界線一般。

「這裡是叫舞鶴神社嗎？」真面問道。他剛才看到立在神社境內的銘碑是這樣寫的。

「原本叫舞面神社。」

「果然，我就覺得滿相像的。跟我們家有關係嗎？」

「你家淵源已久啊。若要追溯至大源頭，來源全都是一樣的。但我不知道從哪裡開始分歧開來的就是了。」

「哦……我跟水面有一起到圖書館調查過，但都沒有留下這類的資料。」

「資料想必很少吧，因為都被舞面彼面燒光了啊。」

「把資料燒光？」真面回問道。

「身為財閥宗主，他應該不想曝光自己的身世吧。有錢人就是敵手眾多，也不知道自己會在哪裡被人掌握到什麼弱點。」

即使如此，真面還是覺得這麼做也太極端了。將個人經歷銷毀就算了，竟然會連家族的出身資料都燒光。難道身為財閥的宗主，就必須神經質到這種程度嗎？

「是說，你啊。」美咲將裝滿甘酒的紙杯放到石牆上。「要在這裡待到什麼時候？」

「快要回去了。新年期間就會回去老家。」

「什麼嘛，要回去了啊。你不是在調查岩石的事情嗎？我以為你也很想知道這張面具的事呢。」

「既然妳還記得這件事，希望妳可以盡快告訴我。」

「也是呢。」

美咲在面具底下咯咯地輕笑出聲。

「那你可就要聽好了。之後也再拜託你轉告水面吧。」

美咲這麼說，就再次轉向真面，用雙手捧著面具的臉頰。

「你看得出來這是什麼面具嗎？」

「那是……什麼呢？雖然看起來最接近狐狸，卻也很像狗……不，或者是貓吧。」

「全都猜錯了。」

美咲的手從面具上放了下來。

「這個啊，是妖怪的面具。」

「妖怪？」

「沒錯，就是長成這樣的大型動物妖怪。既不是狐狸，也不是狗。這張面具，是原本就長這副模樣的生物，並照著做出來的。」

真面回想起從圖書館借回來的書，上頭記載著足以飛越山頭的大型妖怪的故事。

美咲的面具就是照著那個妖怪做出來的嗎？

「妖怪算是生物嗎？」

「妖怪也會死吧。」

「這樣啊。」也不知道實際上是怎麼樣，真面總之先認同這個說法。

「至於我想說的是，這是個相當罕見的面具，可不能隨隨便便就在神社或祭典上買到喔。這可是一級品，內行人看了，就會開出很不錯的價碼吧。」

「既然是這麼貴重的面具，難道不是裝飾在家裡比較好嗎？」

「面具是要拿來戴的。沒人住的家會朽敗，沒人戴的面具也會受損啊。」

「話是這樣說的嗎？」

「就是這樣。」

美咲拿起甘酒，跟平常一樣湊到面具的嘴邊，然後也跟平常一樣一口也沒喝就放回去。

「懂了嗎？回去之後就這麼告訴水面吧，這是個肅穆的面具，得鄭重以對才行。」

「……就這樣？」真面插入她的話問道：「妳說關於面具的詳情，就只有這樣而己？」

「對啊。」美咲說完就結束這個話題，感覺她在面具底下發出了輕笑。

真面開始思考。看來她似乎沒打算說出真相，但這也跟真面所想的假設一致。無論自己再怎麼努力去問，想必這個孩子都不會說出真話吧。

所以真面也死馬當活馬醫，最後再問了一個問題：

「我有看過那張面具的照片。」

「照片？」美咲做出反應。「有照片嗎？是怎樣的照片？」

「一個穿著像是女校制服的女生戴著那張面具，而舞面彼面就站在她旁邊。」

「哦……」美咲像在思考一般，嘆了一口氣。「那還真想看看啊。」

「我不覺得妳是在說謊。」

真面對著面具侃侃道來：

「那張面具真的是舞面彼面留下來的吧？所以我想問的是，那張面具為什麼會在妳手上？妳又為什麼會戴著那張面具，出現在我們面前呢？我最想知道的，就是妳的目的。」

真面盯著美咲戴著的面具雙眼處問道。面具上的眼睛單純是兩個黑色的洞，在那後頭能看見的只有黑暗而已。儘管真面覺得微微有股冷顫竄上背脊，他還是要甩掉那種感覺般開口說：

「妳能不能告訴我呢？」

面具的眼睛望入了真面的這番話。

「目的……是吧。」

美咲撇開視線，抬頭看向被神社的林木間擷取下來的昏黃。

「我的目的，就跟你一樣啊。」

「……跟我一樣？」

「我覺得膩了。」

美咲這麼說著就站起身來，維持著手插在口袋的姿勢，便一圈一圈地旋轉起來。深藍色的裙襬散開，簡直就像一隻很大的蝙蝠。

「我真的覺得無聊到不行，無聊到要死了。在這世上沒有任何足以讓我感到吃驚的事情。既然如此，至少跟路過的傢伙玩一玩，才不會因為太過無聊而死。你不這麼想嗎？」

境內的砂石路被摩擦出清脆的聲響。美咲的大衣下襬越收越窄，最後便停了下來。美咲正面對上坐著的真面說：

「還是說，跟你的這場遊戲，也要結束了呢？」

真面無法立刻給出回答。

美咲說的這番話究竟是不是真的呢？

比自己小將近十歲的少女，真的會跟自己一樣嗎？

還是說，她單純只是在扯開話題而已？

但是，唯有一點是確定的。

美咲想必沒打算說出自己真正的目的吧。

真面稍微嘆了一口氣。

他能回答出美咲的質問了。

「不，還沒結束。」

「嗯？」

「我想給妳看個東西，但那必須花點時間做準備……妳大概在一月十日左右就能看到了吧。」

「哦……那是有趣的東西嗎？」

「這個嘛……我想應該滿刺激的。」真面刻意醞釀了一下才說。「不過，大概沒辦法讓妳大吃一驚吧。」

「哈！真是個老實的傢伙。」

美咲抬頭看向天空。

「好，很好。真令人期待。」

祭典的喧囂變得更加熱鬧。

孩子們的嘈雜聲都傳到真面他們這邊來了。

「今天就先回家吧。啊啊，祭典真棒啊。」

美咲又轉了個半圈，並往包覆在一片橙色的境內走去。真面將自己喝完甘酒的紙杯，以及美咲還留有滿滿甘酒的紙杯重疊在一起，就朝著她的背影追了上去。

往來行人變多的參拜道路上，兩人靠著彼此前行。來到面具攤位前的時候，美咲停下了腳步。

「你今天要不要也來戴個面具啊？」

聽她這樣說，真面看向攤位上展示的面具。有好幾個特攝片英雄以及動畫女主角等真面知道的角色面具，但無論哪一個都配不上美咲的面具。

「還是算了。」

「這種時候還不讓心情隨著氣氛走，你這點就是不行。」美咲跟平常一樣開始說教起來。

這時，幾個小朋友在人潮縫隙間穿梭跑來，經過兩人身邊就這麼跑遠了。其中一個人拿在手上的法蘭克香腸，剛好就碰到了四處張望的美咲的面具。

「嗯？」

美咲回過頭來，面具單邊的臉頰上沾到了番茄醬，看起來就像是動物的鬍鬚一樣。沾到她的那個孩子似乎沒有察覺這件事，已經混入人群之中，不見人影了。

「那是怎樣？」

「哎呀……」

真面不禁輕呼出聲。才聽她說這張面具價值連城，卻馬上就髒掉了。

「哼。」

美咲這麼一說，就隨便用食指將面具上的番茄醬擦掉。

「今天就放他一馬吧，畢竟是祭典嘛。」

兩人走出境內，並就此道別。

美咲說「都準備好了之後再跟我聯絡」，便闊步走回去了。

目送她的背影離去後，真面嘆了一大口氣並喃喃道：

「真傷腦筋……」

一月十日

1

一月十日這天是佛滅之日（註2）。

真面至今的人生中，從來沒有在意過六曜，因此今天是第一次特別去看這件事。這或許也是真面心中所產生的另一個新的價值觀。

新年之後先回到自己外宿處一趟的真面，今天再次拜訪了叔叔家坐落的那座山。

下午一點，真面開著跟宅邸借來的車子去接美咲。這天是星期六，她應該不用去上課才是，十天不見的美咲還是穿著制服跟大衣，當然也戴著那張白色的動物面具。

註2：在日本系統時曆「六曜」中，引申為諸事不宜的大凶之日。

「番茄醬擦乾淨了呢。」真面看著坐在副駕駛座的美咲的面具說道。

「那要是一直擦不掉，我就會把那個小鬼抓來殺了。」美咲說了這種嚇人的話。

「我要先向妳道歉。其實我這邊還沒完全準備好。」

「什麼嘛，還沒啊。那弄完之後再來接我不就得了。」

「但我原本就跟妳約好中午見了。機會難得，陪妳去消磨時間吧。」

「還真老實啊。」

「妳如果有想去的地方，就告訴我吧。」

「唔嗯……」美咲稍微想了一下。「蔦屋吧。」

兩人便去了蔦屋，並在店內閒晃了一圈。

美咲對流行歌曲非常了解。相對的，真面則是一首也沒聽過。但要說是不是年長的真面就比較熟悉懷舊歌曲，他卻也完全不了解，就算是以前的歌曲，也是美咲懂得更多。美咲就連她父母那個年代喜歡的歌曲都有聽過，涉獵範圍相當廣泛。

兩人走出蔦屋之後，又走進同一塊腹地上的寬敞書店。真面在那裡向美咲介紹了關於理科的專業書籍、啟蒙書籍，以及科學類雜誌等。美咲一邊說著「唔嗯」，饒富興趣地聽他解說。

而她則是對真面鉅細靡遺地介紹了那些主要讀者群為青少年的女性雜誌。她高談闊論著為什麼不能買《25ans》、《Seventeen》的優勢又是什麼，也很喜歡《mini》之類的話題。由於美咲談論起來比想像中還更有邏輯性，因此真面也能認真地聽她說明，對於女性雜誌也熟悉了不少。

買了幾本書（當然全都是真面結帳）之後，兩人開車前往下一個地點。目的地是美咲說她很常去的KTV。

無論是流行歌曲還是懷舊歌曲都沒有接觸的真面，幾乎沒有能在KTV唱的歌，KTV自然就成了美咲一枝獨秀的舞台。

就連在唱歌的時候，美咲也沒有將面具拿下來。麥克風收到隔著面具悶悶的聲音，並在包廂內環繞。還以為這樣會聽不太清楚，沒想到不但沒這回事，聽起來甚至比平常還要清晰。雖然中途也有休息，但最後美咲就這樣一個人唱完了四小時。

走出KTV時，外頭已經是一片昏暗。

「已經晚上囉。」美咲問道。

「應該差不多了才是……」

剛好就在真面回答她的這個時候，手機響起了來電鈴聲。是水面打來的。真面拿起手機，應答了兩三聲之後就掛上電話。

「讓妳久等了。」

2

車子朝著連根山的方向開去。

「是要去廣場嗎？」美咲問道。「還是要去舞面家？」

「要去廣場。就是有體之石的地方。」

「究竟是要給我看什麼呢？啊啊，對了。」美咲敲了一下手。「我忘記那邊的燈泡不亮了。」

「這麼說來，去年底的時候就在閃了呢。」

「早知道剛剛就買去換了。」

車子駛進朝山上走去的路，開始在坡道上前進。

真面踩著油門，行駛在蜿蜒的道路上。

他將車子停在要進到廣場的入口處，兩人便開始走起山路。夜晚的森林相當昏暗，這條路上也沒有路燈，因此真面確認腳邊的路況，小心翼翼地走上去。

視野接著豁然開朗，兩人抵達了廣場。

然而就像美咲剛才說的，帶來唯一亮光的燈泡不亮了，廣場因此陷入一片黑暗。只能仰賴高掛天空的月光，微微照亮了長椅跟體之石。

「有人在那裡呢。」美咲在一片黑暗中看出了人影說道。

兩人朝著廣場中央走去。隨著越來越靠近的距離，那道人影也看得越來越清楚了。在那邊等候他們的，是水面跟她的父親——影面。

這時影面身上不是在宅邸看過的和服，而是像工地現場的工人所穿的灰色工作服。他的手上還拿著一個頗大的紙袋。

當影面看到美咲的面具時，露出了驚愕的表情。

「真是驚人……沒錯，這就是那時候的面具。」

「那時候？」美咲回問道。

「呃，不好意思……在我小的時候呀，曾經見過一位戴著那張面具的女性，而且就在這個廣場上。」

「哦。」美咲隔了一拍之後說：「我不知道有這回事。」畢竟美咲是個國中生，這也是理所當然。

「初次見面，妳好。我是舞面影面。」

影面很有禮貌地對還是個孩子的美咲打招呼。

「這我知道。」反觀美咲，就連面對影面這般年長的人，她依然用跟平常沒兩樣的無禮態度說話。「我是澤渡美咲。」

「美咲。」水面從旁插嘴道：「我們已經知道那個名字是假名了。妳其實叫作愛美對吧？」

「怎麼，你們知道了啊。」美咲一點也不覺得自己有錯地回應。

「妳為什麼要用假名自稱呢？」

「那不算假名就是了，但要說明也很麻煩。妳當那是筆名就好了。」

「筆名是寫作時才會用的稱呼。」

「那要當作藝名還是什麼都好。總之，用愛美稱呼會讓我感到困擾。」

「說什麼困擾……明明是本名耶。」水面費解地歪過頭。

「我的名字怎樣都好。」美咲看向身旁的真面。「你不是要給我看有趣的東西嗎？」

真面點點頭，便看向影面。

「叔叔，請問準備工作完成了嗎？」

「弄好了。那麼，你們三個都過來這裡吧。」

影面這麼說了，就朝著與體之石相反的方向走去。三人跟在影面後頭。美咲一邊走，一邊看著走在前方的影面的腳邊。影面拖著一條像是黑色繩子的東西在走路。

當影面走到從岩石看來位於廣場對角線位置的角落便停下腳步。接著，他從紙袋裡拿出一個個黃色的東西。

「你們都把這個戴上。」

美咲等人接了過去。

那是安全帽。

「要我戴上這個啊。」美咲在戴著面具的狀態下，從頭上戴了安全帽。卡到了面具的耳朵，感覺很難戴上。真面跟水面也同樣戴了安全帽。

「這是要做什麼？」

「嗯。」

真面回頭看向位在廣場反方向的體之石。

「現在……」

接著，他若無其事地宣告。

「要炸掉體之石。」

「什……！」

美咲發出了驚呼。

因為她戴著面具，不知道現在露出怎樣的表情，即使如此還是可以從態度看出她的動搖。

「竟然……要炸掉岩石！」

「沒錯。」

「為什麼？快說！」美咲粗魯地喊道。至今從沒見過她焦急成這副模樣。

真面開口了。

「因為……」

真面只是將事實說出口而已。

「這就是舞面彼面的遺言。」

真面回過頭，朝著影面投以視線。影面手中拿著一個小小的塑膠盒子。那個盒子延伸出剛才美咲看到的黑線，位在前方另一頭的就是體之石。影面將手擺上小小的紅色搖桿開關。

「3。」

影面開始倒數。

「2。」

美咲慌張地朝他看過來。

「等等！」

「1。」

然而影面的倒數……

並沒有停下。

「0。」

影面的手按下開關。

這個瞬間，一聲轟隆巨響從廣場的反方向傳來。

所有人都一致看向那邊。

體之石那個立方體的剪影就矗立在那裡。

然而，就在下個瞬間。

那個四方型的影子無力地一塊塊崩落下來。

美咲眺望著眼前的光景，只是茫然地站在原地。

真面他們三人也不發一語，只是看著站在原地的美咲。

這時美咲緩緩舉起右手。

她碰上自己的面具，並輕撫過去。

她的手就這麼無力地垂下，接著她先是顫動著肩膀，然後又顫動了一次。

「哈哈哈哈哈！啊哈哈哈哈哈哈哈哈哈哈哈！」

她仰望夜空，高聲大笑。

美咲將雙手扠在腰際，垂著頭彎下腰來。

「哈……呵呵，哈哈！」

她似乎還止不住笑。看樣子似乎是想自己控制一下，然而咯咯笑著的聲音，無論如何還是會從面具的縫隙流洩出來。

就這麼笑了好一陣子之後，美咲突然放鬆了肩膀的力道，並長長呼出了一口氣。

她抬起原本低著的頭，重新看向三人說道：

「好了，說吧。我就來聽你們說說看要炸掉岩石的理由吧。還有，舞面彼面的遺言也別忘了。」

3

「總之，先給妳看看遺書吧。」

真面朝水面看去，水面便從包包裡拿出遺書，並將信件攤開，給美咲看上頭的內容。真面開始說明道：

「舞面彼面的遺書是這樣寫的。

『解開盒　解開石　解開面　美好之物就存在於此』。」

看到信件內容的美咲，又微微顫動了肩膀。

「所以說？」美咲催促道。

「從結論來講，這是一次測驗。」

「測驗？」

「對。舞面彼面為了找出足以繼承遺產的人選，安排了一場為期長遠的大型測驗。」

真面看著水面拿在手上的遺書。

「我們一開始認為，這份遺書是指舞面彼面遺產的所在地。透過解開盒、石、面這三個線索，就能得到『美好之物』，也就是舞面彼面遺留下來的某個有價值的東西。」

「呵呵。」美咲在面具底下笑了。「有價值的東西……是吧。所以呢？」

「我們首先調查了盒子。調查了舞面彼面留在舞面家的盒子，『心之盒』。」

「那盒子呢？」美咲問道。

水面將書信夾在腋下，就再次把手伸進包包。這回拿出了一個用黑色布巾包起來的東西。攤開布巾之後，裡面有著由五面構成的心之盒，以及被分解開的蓋子部分。

「就是這個。」水面將盒子拿給美咲看。美咲靠上前去，伸手拿起分成三個部分的心之盒。

「分解得真漂亮啊。」

美咲只說了這句話，就將盒子還給水面了，語氣聽起來簡直像是原本就知道心之盒這個東西。

「為什麼把心之盒打開了？告訴我這個理由。」

美咲盯著真面問道。

「要是不打開，就不會知道裡面是什麼樣子。雖然在破壞掉之前用X光檢查過後，就知道裡面沒有任何東西了。為了確認無法用X光判斷的情報，也只能破壞一次而已。」

「透視過後才進行破壞啊。」美咲再次發出輕笑。「這豈不是太狡猾了？」

「遺書上並沒有寫不能這麼做嘛。」

「原來如此。確實是這樣。」

「破壞盒子之後得到的結果，就是確認了裡面不但沒有任何物體，也沒有留下任何情報。也就是說，心之盒並不是為了將什麼東西裝進去的盒子。心之盒的用途並不在於收納，而是有著其他目的。我們針對這點想了很多，最後找出了一個答案。」

「你說說看。」

「心之盒是一個不破壞掉就打不開的盒子。但是，也能用其他說法來解釋。『心之盒是一個要打開它，就必須先破壞掉的盒子』。而且盒子要傳達的事情，也正是這一點。『破壞掉再打開』，僅此而已。」

真面看向水面拿著的心之盒。

「心之盒的『心』指的是什麼呢？這裡指的不是精神層面的心，也就是說，它的意思並非mind、heart，或是spirit。心之盒的『心』代表『心得經驗』。既是know-how，也是experience，更是指rule的『心』。這個盒子所指的是這樣的思考方向，還有『破壞掉再打開』這樣的做法。這是為了教授我們這點的盒子。所以，心之盒可以說是『說明書』，不，應該算是『說明盒』吧。」

美咲不發一語地聽著。

「這麼一想，接下來該做的事情自然就會浮現了。既然盒子意指方法，那麼這個方法到底又是要用在什麼事物上頭呢？答案當然只有一個了。『心』適用的東西，那就是『體』。心之盒說明的方法，適用於體之石。將體之石破壞掉再打開，就是下一關的答案。然而體之石既沒有任何縫隙，也沒有經過特殊加工的痕跡，單純就是一個天然岩石的雕刻。以前曾經移動過體之石的叔叔，當時也確認了岩石底部沒有任何東西。也就是說，按照邏輯思考的話，那個岩石裡面不可能收納著某個東西。這些情況證據進而引導出一個結論。將體之石『破壞掉再打開』的意思，並不是要露出中心的空洞，而是代表要單純破壞掉，讓它崩解開裂。」

真面朝著影面看去。

「所以我就拜託叔叔，請他用炸藥摧毀岩石。雖然也有想過借用建築機械將岩石割開這個方法，但要更正確地照著字面上的意思去做，最好的方法還是粉碎掉它。」

影面對真面的話點頭表示認同。真面便繼續說下去：

「先破壞心之盒再打開它。接著理解其意圖，再去破壞體之石。這就是舞面彼面留下的遺書中所指示出的，通往遺產的正確程序。」

「原來如此，原來如此。」

美咲跟著附和。

那樣的附和聽起來就像在瞧不起人一樣。

「我知道你對盒子跟岩石的見解了。那麼……」美咲的手指攀上覆蓋在自己臉上的白色動物面具。「那麼，面呢？」

「面所指的，當然就是妳現在戴著的那張面具。」

真面指著美咲的面具說：

「推論到這裡時，我開始思考一件事。就算破壞掉心之盒，也破壞掉體之石好了，問題就在這之後。究竟要怎麼將遺產『交給』破壞盒子跟岩石的人呢？體之石裡面沒辦法藏入任何東西。要是留在岩石底下的話，用不著破壞岩石，只要將它移開就行了。既然如此，即使在之前移動的時候就被發現也不奇怪。而且條件不過是『破壞心之盒跟體之石』的話，究竟要怎麼確認達成這兩項了呢？答案非常簡單。」

真面盯著美咲面具上的雙眼說：

「『只要有人確認就行了』。」

美咲動也不動地聽著。

「破壞掉盒子之後，理解其意圖，再破壞掉岩石。要確認有沒有達成這麼模糊的條件，『唯有人類才能做出判斷』。也就是說，這個謎題需要有個負責判定正確與否的人，而且舞面彼面也『將那個要做出判定的人編入這個謎題裡了』。遺書上的那句『解開面』，單純以字面上的意思去理解的話，就是拿掉面具，也就是看穿真面目吧。但這裡所謂的『看穿真面目』並不是要將妳的面具拿掉，露出妳真正的面貌。當盒子跟岩石的條件達成之後，再不斷思考，並看穿妳是何方神聖，最後明確地指出來，就是遺書最後的條件『解開面』的意思。也就是說……」真面指向美咲的面具。

「妳正是舞面彼面的『遺產受託人』。」

美咲輕聲笑了。

「我嗎？你說我是舞面彼面的遺產管理人？你的意思是，我這個未成年的國中生，管理著幾十年前就去世的人的遺產？」

「受託人戴著面具的好處就在這裡呢。」真面答道：

「既然是以面具為標記，受託人就是可以替換的。意思就是即使不同人，只要能掌握工作內容就沒問題了。如此一來，就很容易迴避受託人不在的事態。就算發生了什麼意外，就算受託人壽終正寢，只要有能理解工作內容的其他人來繼承那個動物面具就好了。即使一個人死了，舞面彼面留下來的機制還能繼續運作，也能傳承到下一個世代。何況此刻在我們面前的受託人是個國中女生這個事實，就是最明確的證據了。還有另一點，雖然這只是我的推測，但妳的家族——澤渡家該不會是代代繼承這項任務吧？我猜想，那個跟舞面彼面一起拍照的女生，大概是妳的外婆吧。照這樣看來，叔叔小時候看到的那位戴面具的少女，想必就是妳的母親了。澤渡家位在連根山的山腳。妳的外婆一定是被舞面彼面託付了看守體之石的任務，而這項任務就在這個地方持續不斷地執行到現在。這純粹是我的臆測啦。」

真面說明至此，美咲面朝下方說著「哎呀～」並稍微搖了搖頭。

「想得真是縝密啊。」

美咲這麼說了之後，就抽出插進口袋裡的雙手，拍出了相當緩慢的掌聲。

那個鼓掌同樣帶著鄙視的意味。

「舞面真面啊。」

美咲突然用全名喚了真面一聲。

「剛才那番話，是你一個人想出來的嗎？人在那裡的水面跟影面應該想不到格局這麼大的事情吧。大概是你一個人做出了解開遺書謎團的假設，對吧？」

「沒錯。」代為回答的人是水面。「解開謎題的是哥哥。無論是打開心之盒的人，還是想到要破壞體之石的人，都是哥哥。我們只是從旁協助他而已。」

「呵呵，水面啊。」美咲朝著水面說道：「妳滿有眼光的嘛。」

「好了，我的話就到此結束。」

真面張開雙臂說：

「接下來就輪到妳了。」

「輪到我了啊。」美咲悠哉地應道。

「是啊，我提出我的推論了。這個推論是否正確，是要由妳來判定的。如果我的假設是正確的，妳的真面目就是舞面彼面的遺產受託人。但要是錯了，妳就只是個戴著面具的國中生。那麼，究竟是哪一個呢？接下來就輪到妳回答了。」

「呵呵呵。」美咲聽了真面的話，在面具底下開朗地笑著，並仰望夜空。

「好開心，好開心啊。真的已經好久沒有這麼開心了。」

「美咲。」

真面喚了美咲的名字。

「答案是什麼？」

美咲維持著仰天的姿勢。

真面、水面以及影面三人都在等待她的回應。

美咲……

美咲緩緩收回視線，用讓人不知道她在看哪裡的面具雙眼環視三人之後說：

「就來講點過去的事吧。」

4

「舞面彼面，他是個孤獨的人。」

美咲依然戴著面具，平淡地侃侃而談。

「舞面彼面是個腦筋很靈活的男人。從小就想得比別人更長遠，想的事情也跟別人不一樣，一直活在跟其他人沒有交集的線上。舞面彼面雖然是個該與眾生做出區別的人，他卻運用自己聰明的頭腦，將自己的本質完美地藏了起來。他在沒有被任何人察覺本性的狀況下，靜靜地在這片鄉下的山頭成長。」

真面聽著她說這番話。

「舞面彼面在這個什麼都沒有的深山中活到了二十歲。至於這二十年來，他都帶著那個非凡的頭腦在這個地方做了什麼？直到彼面晚年時，他才娓娓道來。」

美咲的面具咯咯笑了。

「他似乎是這樣說的——在思考。彼面在這二十年當中，究竟都在思考什麼？呵呵，說來可笑。他一直在思考的既不是為了著手企業經營而擬定的縝密計畫，也不是讓整個舞面財閥壯大起來的大規模藍圖。舞面彼面他啊，在想的是要怎麼運用自己的頭腦，一直在想的就只有這件事而已。他充分且適當地理解自己的頭腦與別人不一樣。這樣異於常人的頭腦要如何運用才好？又或者是不要去運用才好？他二十年來似乎都在思考這件事的解答。」

宛如親眼見證過一般，美咲說著幾十年以前的事情。

看起來就像個自豪地談論過去的老人一般。

「就結果來說，舞面彼面以二十年為界，就離開這塊土地，踏入了企業經營的世界。沒有人知道彼面的想法產生了什麼樣的變化。雖然不知道，但想必是發現了什麼吧。而且在發現了之後，舞面彼面的行動力很快。他用常人無法比擬的速度思考，轉眼間就建立了日本數一數二的企業。雖然直到舞面被稱作財閥為止花費了十年時間，但他用不到三年就已經完成財閥的根基了。這樣的舞面彼面，真的就在轉眼之間，累積起大量的資產。然而……」

美咲垂下頭。

「舞面彼面是個孤獨的人。」

「孤獨……」水面重複了一次這個詞。

「身為企業首腦的彼面，總是有很多人在他的身邊。有數之不盡的部下，也有一群優秀的親信。而且彼面也結婚了。這場婚姻看起來雖像策略結婚，但聽說他們夫妻相處和睦。當然他們之間也有了小孩。不但成家，事業也不斷擴展，舞面彼面跟無數的人有過交流，然而……」

美咲的話突然停了下來，讓廣場上稍微流竄著寂寞。

一陣子之後，美咲繼續說下去：

「然而，在那當中並沒有可以跟舞面彼面對等溝通的人。而且更令人遺憾的是，舞面彼面從來不覺得這是一種不幸，也從未感受到幸福，只不過是單純接受了這項事實而已。直到舞面彼面死前，他都沒有為了埋藏自己的孤獨而展開過行動。這個結果，就導致他直到死前都沒有依賴任何人，一直以來都是孤獨一人。」

美咲靠近水面並朝她伸出手。水面發現她的意思之後，就將拿在手上的遺書交給她了。美咲看著摺起來的遺書說：

「這樣的彼面，在察覺到自己時日不多的時候，便想留下自己一手建立起來的東西。沒有人知道他的心境產生了什麼樣的變化。或許舞面彼面只是想將自己活過的證據，留在某個地方而已。」

美咲攤開了遺書。

「這份書簡就是為了找出那個人而準備的。」

「彼面先生他……」水面插話說道：「為什麼要做這麼複雜的事情呢？特地留下這種暗號般的遺言，有什麼意義……」

「舞面彼面就是在尋找啊。尋找『跟自己活在同一個地方的人』。」

「活在同一個地方的……人？」真面反覆了一次美咲說的話。

「沒錯。彼面一直在找跟自己活在同一個世界的人。但當他活著的時候，並沒有邂逅那樣的對象。所以他應該是想，就算在死後也好，希望至少可以找到與自己一樣的人吧。更麻煩的是，舞面彼面本能地知道要用什麼方法找出『那樣的人』，所以才會有這份遺書。」

「要怎麼做？光靠這份遺書，要怎麼找到跟彼面先生一樣的人呢？」水面問道。

「就算我說明了，妳又能懂嗎？」

美咲看著遺書的書面。接著又輕笑出聲。

「真面啊。」

「嗯？」

「你剛才說過，這是一場測驗吧。」

真面點了點頭。

「沒錯，就像你所說的，這是一場測驗，為了測試是否有資格繼承舞面彼面的遺產。那我問你。你覺得舞面彼面是想透過這個問題，調查對方什麼呢？」

「這個嘛……」

真面開始思考。

彼面留下的問題解答。破壞心之盒跟體之石這個回答，還有正確指出受託人真面目這個回答。想要得到這個解答，究竟需要什麼樣的能力呢？舞面彼面想要測驗的，應該就是那份能力。

「例如……」真面一邊摸索一邊回答。

「他想測試的應該是思考的幅度、發想的轉換，或者腦筋的柔軟度這類的能力吧？」

「哈！」美咲冷笑了一聲。

「但從你現階段的腦袋看來，這樣應該就是極限了吧。」

美咲一邊甩著書簡一邊說：

「這個啊，可是為了尋找『那邊』的人所做的測驗喔。」

「那邊……？」

無法理解她說的意思，讓真面皺起了眉頭。

「就算說了，你也不一定會懂就是了。像是水面，妳就是這邊的人，影面當然也是這邊的人。以身在這個現場的人來說，真面，就只有你跟彼面是同一邊的人。」

「呃，妳可以再說詳細一點嗎？」

「沒辦法再更詳細了，就是這樣。舞面彼面準備了問題，那就是一條線。由『破壞盒子』、『破壞岩石』、『揭發面具』這三點交集而成的一條線，並找出有辦法跨越的人，僅只於此。而且彼面絕對可以透過這條線看出那個價值。能跨越那條線的人，正是有資格繼承舞面彼面遺產的人。但可惜的是，舞面彼面拉出的線難度實在太高了。結果在這幾十年來，一個人都沒有出現，直到今天，遺書的謎團依然疑點重重。不過光是可以解開這點，應該就算不錯了吧。」

「那麼……」影面向前踏出了一步，對美咲問道：

「那麼，妳的意思是真面的假設是正確的嗎？而且真面有資格繼承舞面彼面的遺產？」

「就是這樣。你通過測驗，是公認的合格繼承者了。恭喜你。」

美咲看向真面，隨口這麼說。

「對了！」水面高聲喊道。

「美咲！我們最想知道的就是這件事！」

「嗯？」

「遺產啊！舞面彼面的遺產！那到底是什麼呢？『美好之物』指的究竟是什麼？」

水面興奮地逼問著美咲。這對真面跟影面來說，也是最想知道的事情。

「我會告訴你們的。」

美咲用手制止了水面。

「那麼，讓你們久等了。」

美咲在三人面前，看起來真的很開心地說：

「接下來就要開始講最令人遺憾的事情囉。」

5

「真面啊。你剛才說那個『美好之物』，是有價值的東西吧。你為什麼會這樣想？」

「呃，我說這些話並無深意。畢竟情報太少了，我只能做出最低限度的推測而已。」

對於美咲的提問，真面做出回答：

「光從舞面彼面留下的書面看來，只能判斷出遺產是『好的東西』、『並非不好的東西』而已。至於好壞的判定方法，也是端看寫下書簡的舞面彼面的價值觀而定。既然寫下的是好的東西，那就是有價值的東西，至少對舞面彼面來說是有價值的東西吧。我只是這樣推測出來的。」

「嗯，這個推測還算是妥當吧。」美咲點了點頭。「那我問你，舞面彼面擁有的東西當中，最有價值的是什麼呢？」

「最有價值的……」真面思考了起來。

「難道不是金錢嗎？」水面說道：「畢竟是一大財閥的宗主，應該腰纏萬貫才是吧。」

「金錢的價值是會變的。」美咲答道。

「物價跟貨幣價值都會伴隨著時代變遷。儘管只是過了一小段時間，原本非常有價值的貨幣，也會變得一文不值。舞面彼面是個思想長遠的人，他應該不會將那種不確切的東西稱作是好東西吧。」

「如果說金錢價值是會變動的，那指的會不會是變動幅度相對小的資產呢？」影面接著說出自己的意見。「例如不動產，或是貴重金屬。他將那些不分時代都具備價值的東西藏匿在某個地方，又或是留下了一些權狀。是這個意思嗎？」

「唔嗯。比起金錢，這個回答像樣多了。」

聽美咲這麼說，水面不滿地鼓起臉頰。然而美咲毫不介意地繼續說下去：

「確實也是有將資產的權狀交給某個人保管，或者是將部分資產替換成黃金埋藏起來等方法。這些東西都足以對抗價值的變化，像一山金塊就更是寶藏，足以被稱作遺產呢。」

「所以是黃金嗎？」水面睜圓雙眼問道。

「我不就說了，是一段很可惜的故事。並不是黃金。彼面當然擁有黃金，也保有土地資產，然而那些東西要說起來，也不過是彼面坐擁的部分有價品而已。」

「部分……」真面動腦思考起來。「舞面彼面持有的，最有價值的東西，難不成是……」

「沒錯，答案很簡單。」

美咲稍微抬起了臉。

「舞面財閥宗主——舞面彼面的所有物當中，最有價值的東西。除了『舞面財閥』以外，當然不做他想。」

「舞面……財閥？」水面反問道：「咦？這是什麼意思？」

「就是字面上的意思啊。舞面彼面打算將整個舞面財閥，交給解開遺書謎題的人。也就是說，這份遺書啊……」

美咲用手甩了甩書簡。

「是為了選出舞面財閥繼承人的試驗。」

「繼承人！」水面高聲驚呼。

「彼面死前正好是戰爭剛結束的時候。舞面財閥也跟其他財閥一樣，受到美國的財閥解體政策影響。政策真的執行之後，企業體就會面臨解散。舞面財閥陷入了存亡的危機之中。但在舞面彼面死前，給所有相關企業留下了某個安排。那就是企業體再次集結的契約。他們各自簽署了沒有公開的密約，策畫配合戰後政策放寬時，讓舞面財閥東山再起。」

「讓財閥東山再起……」影面低吟道：「要讓財閥企業再次集結……並非不可能的事。實際上現存的那些前身是財閥的企業，也都是在政策放寬之後再次集結而成的。

沒想到竟然在財閥解體前就先這樣安排好了……」

「彼面不只是做好再次集結企業的準備而已。他知道自己死期將近，所以舞面彼面留下了遺書。他要找出跟自己是同一邊的人，並任命那個人成為新任宗主，讓舞面財閥東山再起。這就是舞面彼面在死前留下來的計畫全貌。」

「請、請等一下，也就是說……」水面連忙介入。「難道是要哥哥成為新任宗主，讓舞面財閥東山再起嗎？意思是要將那些跟彼面先生簽下契約的企業集結起來，振興舞面財閥嗎？」

這聽起來實在太過荒謬。

無論是問出口的水面本人，還是真面及影面，都不禁暗忖「這種事真的會發生嗎？」完全不敢置信。

感受到這種氣氛的美咲「嗯、嗯」地點了兩次頭之後，才回答水面：

「所以我就說了，這是個令人遺憾的故事。」

「舞面彼面的計畫相當縝密。但令人悲傷的是，有一點他失算了。」

「失算？」

「實在是太傻了。大家都太傻了。」

美咲再次拿起書簡。

「彼面已經預測到財閥解體政策應該不會維持太久。實際上關於解體的法律，在戰後不到十年的時間內就失效了。在那之前，一定會出現可以解開這個問題的人。彼面應該是這麼想的吧。這就是舞面彼面唯一的失算。就如你們所見，問題在今天解開了。竟然是在彼面死後經過半世紀以上的現在。」

「那個……」水面戰戰兢兢地問道：「這樣……不行嗎？」

「彼面留下來的再集結契約頂多只是密約而已。既不是正式簽署的文件，也不具備法律約束力。沒有簽署文件的契約究竟是什麼？那只是人與人之間說好的約定而已。彼面用各式各樣的條件、利益、報酬，有時甚至是以力量壓制，跟旗下的企業定下了不成文的約定。而那不過是企業首腦的一介個人契約罷了。你知道這是什麼意思嗎？」

美咲向真面問道。

「已經過了半世紀以上的現在……」

「沒錯，大家都死了。那些跟彼面締結讓財閥東山再起的契約的人，幾乎都在墳墓底下了。就算還活著，也是個連走路都成問題的老人了吧。」

「那、那麼，美咲。」水面垂著眉問道：「讓舞面財閥東山再起的計畫就……」

「太遲了。」

「怎麼這樣！」水面用雙手壓著臉頰大喊。

影面也驚訝地睜大雙眼。但他看到身旁的水面茫然的模樣，便露出帶著自嘲的笑。

「哎呀……」影面的肩膀也放鬆了力道。「沒想到會是格局這麼大的事情……讓舞面財閥東山再起是吧。」

「是個令人遺憾的故事吧。」

聽美咲這麼說，影面笑了。

「嗯，真是遺憾啊。」

「怎麼會……」

水面悲傷地喊道，她又一次看向拿在手中的心之盒。那已經化成空空如也的徒勞象徵，無論是就物質上來說，還是就本質上來說都一樣。

「怎麼，妳想要寶藏嗎，水面？」美咲問道。

「不是……雖然不是這麼說……美咲，妳能試著想像一下嗎？妳收到了一個禮物，打開禮物盒卻發現裡頭是空的。其實要送給妳的東西是一座冰雕，但這時被告知冰雕已經融化了。遇到這種狀況，任誰都會露出這種表情吧……」

美咲說著「原來如此」，並點了點頭。她一點也不帶自責地說：「這確實是準備的那一方不對，妳可以生氣喔，水面。」而且實際上，這也不是美咲的錯。水面露出就算懊悔也沒有意義的表情，「唔唔……」地低吟了兩聲。

就在他們三人這樣說著時。

一旁的真面……

舞面真面直直盯著美咲的面具看。

美咲也注意到他的視線，並朝他看去。

「舞面真面啊。」

面具下的黑色眼睛直盯著真面。

「我要說的事到這裡就結束了。關於舞面彼面的遺書原委，我全都說完了。很遺憾，既沒有財寶也沒有財閥。結果對你們來說，只是徒勞無功罷了。」

美咲這麼說著，便朝著崩解的體之石看去。

「如此一來，我的任務也結束了。」

美咲依然背對著三人說：

「已經沒有心之盒，也沒有體之石了。舞面彼面留下來的職責，也確實在今天達成了。我也沒必要繼續被束縛在這個地方。」

美咲轉了一圈，便對上了影面的視線。

「影面啊。」

「怎麼了？」

「你看起來像在為了什麼事情而焦急呢。反正應該是工作上的事吧。」

影面睜圓雙眼，而美咲繼續說下去：

「你的長處就只有木訥這點而已，總之不要多想，認真工作就是了。我向你保證，這樣成果也會伴隨而來。」

面具少女像是看透影面擔心的事情般這麼說，就像父母在對孩子勸說一樣。

「謝謝妳。」影面不禁露出苦笑。「我會銘記在心的。」

美咲接著看向水面。

「水面。」

「什麼事呢？」

「我沒什麼要對妳說的。妳就繼續這樣活下去吧，應該會過得滿快活的。」

「……謝謝妳。」水面覺得自己好像被瞧不起而生著悶氣。但冷靜下來仔細想想，她便發現真的是被瞧不起了，因而鼓起臉頰。

就這樣，美咲最後朝著真面走了過來。

她的手還是插在口袋裡，並站到真面眼前。

白色的動物面具從斜下方抬頭看向真面。

「舞面真面啊。」

「嗯。」

他與美咲面對面。

這個瞬間，真面第一次覺得自己跟這個面具少女站在對等的立場了。

「你解開了那個謎題。你確實跨越了舞面彼面留下來的那道界線。沒有任何報酬，但你確實站上了跟舞面彼面相同的世界。」

這麼說完，美咲離開真面身邊，讓大衣翩翩而起地轉過了身，便背對了三人。

「好了。我要回去了。」

美咲依然是背對他們的姿勢，接著說：

「啊啊，真是暢快。暢快極了。」

美咲跨步而出。

她踩著輕盈的步伐，朝著廣場的入口走去。

真面跟水面都想出聲叫住她。

卻也因為不知道叫住她好不好，而在一時之間喊不出口。

接著，美咲就走到廣場的入口，並在那裡佇足。

她依然將手插在口袋裡，只轉過上半身回頭，並對上真面的視線。

「真面啊。」

「怎麼了？」

美咲從口袋中抽出右手。

她伸手擺在面具上面，接著就將它向上掀起，戴到頭上。

出現在眼前的，是一個感覺隨處可見的國中女生。

然而那道笑容。

那抹帶著諷刺的微笑——

錯不了的。

那就是戲弄真面他們的美咲的笑容。

「還滿有趣的喔。」

一月十二日

1

三隅秋三一邊關注著手機畫面，一邊探視著四周的動靜。

在距離車站滿近的道路上，時間才剛到晚上八點，路上行人也還滿多的。只要保持一定距離，應該不會被發現自己在後頭跟蹤才是。這不是難度多高的工作。不，不如說在自己至今接過的委託當中，這次的工作還簡單過頭了。

三天前，三隅接下了這個簡單的委託。工作內容是追蹤物品。那個目標物品要被運送到某個地方去，因此委託人希望他能追蹤物品的去向。

就如那個委託人所說，昨天那個物品被以宅配方式寄出了。三隅輕輕鬆鬆就向宅配業者騙到了收件地址。今天，已經確認到那個貨物送來這個城鎮某間公寓的其中一戶，也已經調查出住在那裡的人，是一位獨居的年輕女性。

三隅立刻聯絡了委託人。這項工作實在太簡單了。如果工作內容都像這樣，那偵探還真是個美妙的職業。

然而工作並沒有就此結束。電話另一頭的委託人，竟然說現在就要過來這裡。而且還說對方搞不好會離開公寓，希望三隅可以在那邊監視動向。但委託人的自家位在外縣市，要來這裡說的是簡單，卻也要花上好幾個小時吧。也就是說，委託人要他在這幾個小時持續監視，避免讓東西被拿去別的地方。

三隅心想，這點程度也還算在這筆收費的範圍裡，於是接受了委託人的這項請託。不管怎麼說，都是今天就會結束的工作。就算把夜間監視也算進去，依然是一樁好賺的生意。

就這樣開始監視之後過了四個小時，那個女性住戶從家裡出來了。三隅端詳著那位女性，只見她手上沒有提著任何東西。一瞬間他想，目標物品應該是被她放在家裡。然而，他馬上就發現那位女子是將那個東西穿戴在身上走出來的。

如同委託人的預測，那個物品將被帶到別的地方去。直到委託人抵達之前，可不能跟丟物品的蹤跡。三隅便開始跟蹤那位女性。

他一邊用手機鉅細靡遺地將自己當前的位置回報給委託人，一邊跟在女性的身後。那位女子的年紀大概二十五歲上下，身材高挑，應該有一六五公分左右。穿著一身白色大衣，就算在人群當中也很醒目。不，就算沒有那件大衣，那位女性也很標新立異，因此要跟蹤她並不是一件難事。

但三隅還是緊繃著神經。跟蹤失敗最大的因素就在於鬆懈。只要一有鬆懈就會跟丟，相對的，只要沒有鬆懈下來，就不會失敗。他秉持的這個道理，從來沒有出錯過。三隅就是這樣才能在多少埋伏著危險的偵探業界中，沒有遭逢什麼意外。

就在這時，女子突然轉了個彎，走進細小的巷弄內。三隅不讓自己太過醒目，也小心翼翼地朝著巷弄入口走去。

他用故作自然的動作窺視了巷弄。

接著，三隅感到相當動搖。

眼前不見那名女子。這條窄小的道路要走到對側那邊還有一段距離，而且途中沒有任何可以藏身的地方。

難不成是被發現了？她是在走進巷弄的瞬間就盡全力跑到另一側離開了嗎？不，即使如此，這段距離也太遠了。在自己窺視巷內之前，怎麼想都不可能已經跑到另一側去了。而且，要是她這樣狂奔，應該也能聽到腳步聲才對。

三隅一邊提高警覺，便踏入了巷弄之內。搞不好只是乍看之下沒有發覺，但其實有著可以藏身的地方。但不管怎麼說，一樣都是被對方發現自己在跟蹤了。為了多少可以當作藉口，三隅假裝用偶然途經這條路的態度走了進去。

但果然就跟一開始看到的一樣，這裡沒有任何可以藏身的地方。三隅表面上維持著撲克臉，內心卻是相當狼狽。那個女人到底消失到哪裡去了？究竟是用了什麼手法？總之就先走出這條路到對面去……

「為什麼要跟著我？」

突然間，一道聲音響起。

三隅的動作反射性地停了下來，而且也下意識地回頭看去。

就在剛才走進來的巷弄入口，看見了原本應該是自己在跟蹤的那名女子的身影。

三隅的心跳加快了起來。太奇怪了，這裡明明沒有任何可以躲藏的地方，她到底用了什麼魔術般的手法？這個女人，不是個普通的女人嗎？

但現在必須先隨口給她一些回應才行。既然被發現在跟蹤，那也沒輒了。即使如此，也必須將損害降到最低。

三隅的腦筋轉得很快。他已經想到六個可以敷衍掉跟蹤行徑的藉口，也已經判斷出哪一個才是最不會讓人起疑的。接下來只要照樣說出口，應該就能想辦法撐過這個場面。隨後只要到安全的地方，跟委託人會合就好了。

女人悠哉地朝著三隅走去。

然而三隅什麼話也說不出口。

女人在他眼前停了下來。

然而三隅什麼話也說不出口。

女人緩緩抬起手，用指尖輕輕滑過三隅的臉頰。

三隅不知為何，做不了任何反抗。說不出想好的藉口，也無法抵抗女人的舉動，更沒能逃離這個現場。明明腦筋轉得很快，卻無法自由控制身體。他為了解釋現在發生在自己身上的現象而拚命思考。然而，他得出了無法做出任何解釋的結論。這個女人……這個女人，『不是普通的女人』。

女人的手就像在撫摸小動物一般，柔軟地撫上三隅的脖子。她的拇指摸著三隅的喉頭時，他聽見了喀嚓喀嚓的細微聲響。後來才發現，那是自己的牙齒發出的聲音。

即使如此，三隅還是動彈不得。

女人的手指一點一點加重力道。

他回想起位在自己高中母校附近的大河，以及在搬來現在這個家的三間前住過的公寓。但走馬燈很快就消失了。

這本來是個簡單的工作。

這本來不是個需要賭命的工作。

三隅最後想叫上一聲父母的名字，卻在煩惱要叫誰的時候，兩個人的名字都叫不出來了。

女人將手指抽離三隅的脖子之後，「哈」地冷笑了一聲。

三隅就這麼呆站在原地。還活著。被眼前這個女人放過了一命。

「我只是稍微出個門就來這招啊。在我把書燒掉的時候，還覺得是自己太神經質了……看來我或許也沒有看走眼呢。真是的，前途堪慮啊。」

女人這麼說著，一臉嫌麻煩地搖了搖頭。

三隅搞不清楚這是什麼狀況，但他也無能為力。現場的主導權完全掌握在女人的手上。

「你啊。」

女人很隨便地叫了一聲。三隅的身體不禁抖了一下。

「身上有錢嗎？」

「錢、錢喔……」

被這麼一問，三隅也沒有多想，手就要伸入褲子後方放有錢包的口袋裡。

「不用拿出來沒關係。過來。」

女人這麼一說，就轉過了身。接著，她對方才差點被自己殺掉的對手，未免太過輕浮又隨便地說：

「去喝酒吧。」

戴著白色動物面具的女人，這麼說著就走出了巷弄。

2

這間隨處可見的居酒屋位在站前大樓的二樓。在吧檯座位上，三隅跟面具女並肩坐在一起。

女人就算到了居酒屋店內也沒有拿下面具。明明是她自己點的料理卻一口都沒吃，而且偶爾會做出像在喝酒的動作，那也只是在戴著面具的狀態下，將酒杯端到嘴邊而已，結果一口也沒喝。

「原來如此。」

面具女放下酒杯這麼說。

不只是委託內容，三隅連委託人的事，以及那個委託人正在前來這裡的路上等等，都全盤招出了。他當然有著身為專業人士的常識跟職業道德，也清楚知道將這些事情口無遮攔地說出來是違反規矩的行為。但若要和自己的性命一起擺上天秤衡量，那又是另外一回事了。

而且三隅腦中另一半的思考，正冷靜地分析現在這個狀況。坐在旁邊的是個年輕女性，要是說到能在這個人擠人的站前居酒屋做出什麼事情，應該是什麼都做不到才對。這個女人如果要像剛才那樣掐住自己的脖子，四周的人應該都會過來幫忙，而且警察也會趕來。這間混雜的居酒屋，對他來說應該是個安全的場所。

然而三隅在心中喃喃起另一件事。

（這種話也只有這個女人不在眼前的時候才說得出來。）

坐在身旁的面具女，具體說來並沒有什麼特別的舉動。她只是拿著酒杯上上下下地聽人說話，說穿了只是個怪女人而已。

但剛才三隅說想去上廁所的時候，女人的那張面具靠到三隅耳邊悄聲說道：

「可別逃囉。」

這麼一句話就道盡了一切。逃跑就殺了你。敢逃跑就殺了你。要是敢逃跑，你絕無活路。沒有任何道理能夠解釋，但這句話就是讓三隅在心中做出這番解讀。於是他去了廁所，如廁後便回到座位上。他想要活下去的話，就只剩下這個選擇而已。回來的三隅頓失所有抵抗的氣力，最後就將所有事情都向面具女坦言了。

「聯絡他，叫他來這裡。」

面具女命令道。她的意思是要把正在路上的委託人叫來這裡。

這是三隅現在想得到的事情當中，最不想做的一件。

「也就是說……那個……要我說謊把他叫來這裡嗎？」

「不用說謊也沒關係。你只要告訴他，面具女在這裡，叫他過來就對了。」

「什麼？」

三隅感到困惑。要是委託人知道跟蹤的事情已經被發現了，應該不可能還到這裡來才是。

「沒問題，對方也是知道才這麼做的吧。他會來的。喏，快打電話。」

女人揮了揮手，示意他趕緊動作。三隅依然覺得無法信服，卻還是拿出手機，撥了通電話給委託人。

在兩陣撥號聲之後，電話接通了。

「喂，你好。嗯，嗯。抱歉，那個……其實啊……」

「先說地點。」面具女這麼命令在講電話的三隅。

「喔。嗯。我現在人在站前大樓二樓的居酒屋裡。這邊只有一間而已，應該馬上就會找到了。然後啊，其實……」

當話說到這裡，面具女便拿走三隅的手機，貼上耳邊。

「就是這樣。快點過來。」

「啊啊……」三隅沉吟道。在這個瞬間，工作徹底搞砸了。

面具女一邊說著電話還咯咯笑著。難道她認識委託人嗎？她講電話的語氣莫名親近。但照這樣說來，她對第一次見面的三隅說話的口氣也夠親近了。現在更覺得已經是超越親近，而是被她當奴隸對待的感覺。

「那就來對答案吧。」

面具女對著電話那頭低聲說道。對答案是什麼意思？

這麼說完，女人便朝三隅看去。

「你也聽好了。不然在什麼都不知道的情況下就差點喪命，你也會覺得很受不了吧。」

接著，面具女就開始對著電話的另一頭緩緩道來。

3

「一千幾百年前，有個白色大妖怪。堪稱最強的那個妖怪，用著龐大身軀跨越山頭，毀滅了四個國家。但最後來到日本的妖怪，被擁有強大力量的人類盯上，很快就被封印起來了。不祥的妖氣被塞進一個小小的盒子裡，散發著白瓷般光芒的身體也被封進正方形的岩石當中。四處逃竄的人類回來之後，對於得來的平安鬆了一口氣，白色大妖怪就這樣被封進再也不見光明的黑暗之中。遺憾的是，人類是個腦袋不太靈光的生物。有個法師迷上妖怪那恣意肆虐的身影，竟照著妖怪的臉做出了面具。面具寄宿著妖力，便成為動彈不得的妖怪的分身。帶有心靈意識的那個面具於是依附在人類身上，並操縱人類，策畫要自己破壞那個盒子跟岩石。然而堅守封印的那些傢伙相當認真地在工作，何況他們也知道面具就是妖怪分身這件事，這樣廉價的面具隨隨便便就會被破壞掉了。因此妖怪相當謹慎又小心翼翼地執行著計畫，卻在盒子跟岩石都還破壞不了的狀況下，就已經過了好幾百年了。寄宿在面具上的妖怪，至此已經放棄解除封印。都過了幾百年，先不論盒子裡的妖氣，身體早就腐朽了。因此妖怪就想，要是腐朽的身體解開了封印，那寄宿在面具上的心不就會回到腐朽的身體，並就此死去嗎？結果，妖怪懼怕著這點，便不敢破壞盒子跟岩石。妖怪的面具，成了面具的妖怪。於是，面具就決定以面具姿態存活下去。」

「就這樣隨著時光流逝，又過了好幾百年後，面具邂逅了一個男人。他雖然是個腦筋很好的傢伙，卻無聊又厭倦得一副快死的樣子。同樣感到無聊的面具，就決定跟那傢伙一起玩樂人間。他們玩得很是盡興。無論男人還是面具，玩在一起的時候就會將那份無趣拋諸腦後。然而人的一生相當短暫。當一切才正要開始的時候，男人在外地病倒，就再也沒有歸來了。面具又重回了孤獨。並不會覺得難過，反正也習慣孤獨了。面具只是回到遇見那個男人以前的日子而已。沒想到，他的腦筋運轉速度似乎快得超乎必要。明明就沒有拜託過，他卻好像想了很多辦法，希望能解決掉封印妖怪的盒子與岩石。那傢伙在瀕死之際，竟留下了要人破壞掉盒子跟岩石的遺言。好蠢啊，真是有夠蠢的。明明當事人就不希望那些東西被破壞掉的說。除此之外，最為可笑的是，那個男人——」

「竟然把面具的妖怪寫成『美好之物』啊。」

「竟說是美好之物。哈。這世上才沒有什麼美好的妖怪呢。一般來說，面對想要解放的妖怪時，都是會一再叮囑『不準大鬧一場喔』、『不可以吃人喔』之類的才是吧。笑死人了，嘲諷也該有個限度吧。他或許是誤把妖怪當作朋友了。直到最後，妖怪還是不曉得那傢伙究竟在想些什麼。」

「結果都是他多管閒事害的，盒子跟岩石不費一點工夫就被破壞掉了。然而，果真是如此啊。破壞掉盒子跟岩石之後，被封印的妖怪就甦醒了。不過，強大的妖氣是回來了，但身體應該還是腐朽了吧，甚至不見一根骨頭，但也總比面具的心回到身體上而死好多了。那麼，接下來就是這個故事的最高潮，也是結局。聽好囉。」

「沒想到，竟然出現了一個傢伙，足以超越妖怪以為已經是最可笑的那個男人。突然現身的是那個男人的曾孫。那傢伙啊，對於遺書的內容產生莫大的誤會，說什麼藏有財閥的遺產之類，大鬧了一番。那個邏輯實在太過滑稽，因此就順著他的意，陪他玩了一下。啊啊，真是開心，真的玩得很開心喔。不過，那個傻子的腦筋似乎也滿好的。」

居酒屋的入口大門開啟。

坐在吧檯的兩人回過頭去。

站在那裡的人，就是拿著手機的舞面真面。

面具女咯咯輕笑著說：

「因此，雖然有點遲，但你似乎也已經察覺到了呢。」

4

面具女咯咯輕笑著。不，現在這樣的說法並不正確。讓面具女發笑的，是戴在女人臉上的白色動物面具。

「你什麼時候發現的？」

自己坦言是面具妖怪的美咲，朝著在旁邊坐下的真面問道。

「除夕那天，就是祭典那個時候。」

「哦？」

「在那個祭典的會場，有個小朋友把番茄醬沾到妳的面具上。對方完全沒有發現，就這樣走掉了。而戴著面具的女生——澤渡愛美並不知道那個小朋友有沾到自己的臉上。她本人也是在四處張望著，而且在面具底下的視野相當狹隘，應該完全沒有看到才對。更何況番茄醬只沾到面具的臉頰處，脖子跟身體完全沒有沾到，因此她當然不知道自己沾到東西了。那個時候的愛美，無從得知面具上有沾到番茄醬，但妳卻若無其事地用手指將番茄醬擦掉了。也就是說，妳知道面具上沾到東西。若是能知道這種事，『就代表面具本身必須是有感覺的存在』。」

「所以你就在猜想我不是個普通面具？」

「是啊。」真面點頭表示同意。

「又是一樁沒什麼根據的臆測呢。」

「沒有其他點子可以拿來解釋我親眼見到的事情，因此我自己並不覺得這個假設毫無根據。只是，我也有想過這應該很難讓人信服。」

「所以這就是沒什麼根據……嗯？等等。」

面具妖怪美咲將手抵在嘴邊沉思了一會兒。

「也就是說，在破壞掉岩石之前，你就懷疑我是妖怪了嗎？」

「是啊。」

「然而卻說著那種謊話連篇的論調，還把岩石炸掉了？」美咲費解地歪過頭。

「說真的……」真面露出有些傷腦筋的表情說：「直到發生番茄醬的那件事情之前，我壓根都沒有想過妳會是妖怪。在那之前我都確信妳絕對就是遺產的管理人。我不但已經將這個假設向水面還有叔叔說，也已經拜託叔叔著手準備破壞岩石的工程。事到如今我也說不出『那個面具搞不好是妖怪，所以之前說的事情要先暫停，不要執行』這種話啊。畢竟要對別人說出這件事，也太沒憑沒據了嘛。」

「然後你就在不知道會發生什麼事情的狀況下，用賭一把的心態將體之石炸掉了？」美咲傻眼地說：「你這樣淺見的思慮，看來腦筋甚至連彼面的腳邊都搆不上呢。」

真面回她一個苦笑。

「你都不覺得這會讓祖先蒙羞嗎？」

「妳要拿舞面彼面那樣的人跟我比，我也沒轍。」

「不。不是彼面，是讓我蒙羞。」

「嗯？」

「你聽好了。這個舞面家啊，是我依附在宮廷裡的女人身上時，產下的孩子的子孫。那時我一個不小心，在本體的女人睡覺的時候，讓面具浮了起來並開口說話了。也就是說呢，舞面家的家譜要追溯到最根本的地方，就是舞面御前了。所以要說起來，我就是你的祖先大人啊。」

「那難不成美咲是指……」

「就是御前。讀音也可以相同啊，就是個暱稱而已。」

真面聽著自己祖先這個太過荒唐的失敗經驗，心情都覺得悲傷了起來。

「我一點也不想被不小心飛起來還開口說話的面具評論腦筋好不好耶……」

「別這樣說嘛，當時就喝醉了啊。」

美咲咯咯笑了起來。真面則是無奈地稍微搖了搖頭。

而坐在一旁看著真面的三隅不禁皺起了眉頭。

他為什麼有辦法這樣若無其事地跟妖怪這種超乎常理的存在溝通呢？自己直到現在都還覺得有生命危險，甚至害怕到雙腳都無力地蜷縮起來了。

美咲察覺三隅這樣的神情，就對他說著「這傢伙啊」並指向真面。

「他的腦子有點毛病，不能跟你相提並論。無論是這傢伙還是彼面，說穿了都是個怪人。比起人類，是和我說起話來更合拍的那種傢伙，在這個世界很難生存下去。你叫三隅是吧，你才是正常人。」

三隅回以一個僵硬的笑。這讓美咲嘆了一口氣。

「我不會殺你的，放心吧。剛才只是跟你鬧著玩的。」

「妳對三隅先生做了什麼？」

「差點把他殺掉而已。」

此話一出，就連真面的表情也僵掉了。

「反正我也沒有真的把他殺掉，沒差吧。」

美咲若無其事地回答了之後，就將酒杯放到桌上。

「所以說，真面啊。」

「嗯？」

「你找我有什麼事？」

面具的漆黑雙眼看向真面。

「你特地聘請了這個男人來找我吧？總不可能什麼事也沒有。還是說，你只是想對答案而已？」

「喔……」真面放下夾著魚的筷子。

「其實，我有一件事一直沒有機會對妳說。」

5

「那天，在廣場上破壞掉的那個體之石……」

「唔嗯。」

「那是假的。」

「啊？」

美咲發出了楞住的聲音。就在那個瞬間，有某種肉眼看不見的力量，以美咲為中心，像是波紋一般在店內擴散開來。眼前的真面跟在她身後的三隅都不禁打起冷顫，身體也抖了一下，四周的客人都紛紛細聲地說著「咦，剛才是怎麼了」。

「等等，妳冷靜點。」真面連忙安撫著美咲。

「你、你說那是假的？這是什麼意思！給我說明清楚！」

美咲激昂地說著。她姑且抑制了剛才那股力量，不過是這麼大喊了一句而已。

「也沒有什麼意思，這是理所當然的處置吧。」

這次換作真面若無其事地答道：

「一開始是打算直接將體之石解體，而且我也有找叔叔商量過解體的事情。那時叔叔給出了這樣的提議。如果我的假設是錯的，要是破壞掉可就無力回天，因此要不要準備一個假的岩石破壞掉？只要透過叔叔公司的門路，那樣的岩石還滿容易就能準備好。但是，我反對這樣做。如果被發現是假的，搞不好就沒辦法通過測驗。所以先是得出『還是破壞掉真正的岩石』這樣的結論。然而年底那天，狀況徹底改變了。浮現了妳或許是個超乎常理的存在的可能性，以及那個盒子跟岩石搞不好也具備什麼不可思議力量的可能性。畢竟我在祭典那天不小心看到了暗指這個可能性的證據嘛。既然如此，要是隨便破壞掉岩石會很危險，可能還會引發什麼不得了的情況。但事到如今也不能說要中止解體工程了。所以作為妥協方案，作戰就改為叔叔一開始提議的，以破壞掉假岩石的方式進行。」

美咲傻眼地聽著他說下去。

「當然，就算替換成假的岩石，也不代表做好了萬全的準備。妳本人也可能具備不可思議的力量，足以判斷那是不是真正的岩石。不過呢，我認為比起破壞掉真正的岩石，就算被發現那是假的岩石，多少還是比較安全的結果。所以要解體那天，我才會在中午去接妳，並四處繞了一圈。要是被妳看到用工程機械掉包岩石的現場可就沒戲唱了呢。還有，雖然燈泡沒電了，我們還是沒有去更換，也是因為四周暗一點比較好。」

真面說完之後，美咲晃晃地舉起手，無力地指向真面。

「那、那麼，我的身體……」

「還在岩石裡面。雖然我也不知道究竟有沒有腐朽就是了。」

「岩石在哪裡？」

「我們收起來了。要怎麼做呢？破壞掉嗎？」

「等等！」美咲再次喊道：「別破壞掉！你剛才沒在聽我說話嗎！要是身體腐朽了，搞不好心靈回去之後我就會死喔！」

「那就繼續放著吧。」

真面說著說著就拿起筷子，若無其事地夾起烤魚。

「你……」美咲忿忿地低聲說：

「你有什麼目的？」

「目的？」

「別裝傻了。」

美咲平靜地說。

然而剛才感受到的那股讓全身打起冷顫的氣息，卻從那張面具陣陣傳了過來。

「你是來跟我交涉的吧？也是為了這樣，才會掌控岩石現在的所在處。這顯然不是只要我當場把你的頭砍下來就能解決的事情。說吧，舞面真面。你究竟想要什麼？」

美咲散發出的力量，就像凍結的針一般折磨著空氣。坐在美咲身後的三隅一碰上那股力量就渾身僵硬。感覺只要做出一點舉動，頭可能就真的會被砍下來。

然而真面滿不在乎，拿起盛了酒的杯子思索了起來。

那杯酒——

是真面自己選、自己點的。

「目的啊……」

沉默了一陣子之後。

真面開口說道：

「我覺得膩了。」

「啊？」

「我覺得既無聊又厭倦到好像快死了。這世上沒有任何會讓我感到吃驚的事情。那至少也要跟路過的傢伙玩一玩，才不會因為太過無聊而死。妳不是這麼想的嗎？還是說……」

真面看向美咲。

「我跟妳的遊戲，已經結束了呢？」

「噗哈！」

美咲笑了出聲。

真面直直地盯著美咲的眼睛看。

三隅這才發現，不知不覺間空氣已經變回原本的感覺了。

「不，還沒結束。」

美咲壓著自己的面具咯咯地笑著。

「那我們再一起玩一陣子吧。」

「就這麼辦。」

兩人相視著彼此。

真面覺得那個動物面具看起來像是勾起了笑容似的。

「舞面真面啊。」

美咲拿起酒說：

「你知道想要玩上一場需要什麼東西嗎？」

「玩樂需要的東西？」

「就是錢。」美咲籠統地斷言。「總之先攀上跟彼面相同的地位吧。就來奮發一下，重振個舞面財閥好了。」

「但是……舞面彼面想要重振財閥這件事，是妳瞎扯的吧？」真面露出狐疑的神情。

「哈。」美咲跟平常一樣笑了一聲之後答道：

「我來告訴你彼面是怎麼創建出舞面財閥的吧。就只是那傢伙說出想要這間公司的時候，我就會用妖力操縱那邊的人類罷了。」

「這方法……」真面也笑了。「未免也太直截了當。」

「我也正想說過陣子再對影面的公司動點手腳，但我對經營這方面可是一竅不通。這就交給你去想了。只要你開口，我什麼都會幫你做。現在心之盒也壞了，我的力量可是充沛到以前不能相提並論的程度呢。」

「那我得先好好學習一下。」

真面抬頭看向天花板，陷入沉思。

在一整片純白的腦中，單人牢房的門扉敞開了。

從單人牢房中走出來的他，拋開面具，淺淺地勾起微笑。

「好了，你啊。」

美咲突然轉身面向三隅。這讓三隅嚇到跳了起來。

「去結帳。」

「是。」

三隅坦率地做出回答。看來這件事已經在沒有任何預兆之下談完了。

付了錢就趕緊離開這間店吧。這項工作已經結束了。要是再繼續陪這兩個人鬧下去，就再也回不去了。凡事都有個該收手的時機。自己就是一直看準這點，才能夠活到今天。

「你啊，這段時間先在我們手下做事吧。我們需要人手。」

「什麼……」三隅發出了真的很難堪的聲音。

「別擔心。」

美咲輕輕拍了三隅的肩膀說：

「會很有趣喔。」

真面對他低頭說著「真的很不好意思」。最後去付錢的人是真面。

就這樣，一臉感覺很開心的男人，跟一臉像是快要死掉的男人，還有一個戴著白色動物面具的女人，接連走下了居酒屋的樓梯。

當舞面之名開始在財經界傳開，正是在那之後又過了兩年的事情。

後記

任誰都是戴著面具在這個世上活下去的（相隔十年・第三次）。這麼一寫，感覺就像時隔多年終於打進甲子園的棒球隊，在十年路途中用沁入黑土的汗與淚寫下的篇章讓人熱血不已，然而說起作者的十年，大多都是在室內度過。任誰都是開著空調在這個世上活下去的（首度登場的台詞）。

到了現在又再次回首看過一次，覺得這是一本關於「贊助者」的故事。

人在想要做出什麼成果時，就像存在著一個質量保存的法則般，一定會有個必須作為交換條件交出去的東西。那有可能是時間，也可能是勞力，有時還是精神層面的東西，總之，如果想要達成某件事情，必定就會失去某項東西。不，如果失去之後有達成目標還算好的，這世上存在著無數個不但失去了大半還一事無成的悲劇。既然如此，還不如什麼都別想做，不是比較好嗎？將那份時間與勞力拿去從事勞動，買下一個亮晶晶的冰箱不是比較好嗎？總是會有這樣的糾結迷惘前來襲擊創作者。

就在這個時候，有贊助者願意出錢。金錢是用來交換有價物品的媒介，光是如此，就能交換世上大多數的東西。交換時間、交換勞力，有時連精神層面的東西都能交換。也就是說，只要有錢可用，創作者或許不但能做出成果，還不用失去任何東西。金錢很強大。金錢很萬能。竟然願意讓人使用可以交換各式各樣東西的金錢，贊助者究竟是品格何等高尚之人啊。

話說回來，贊助者又是為什麼願意出錢呢？

任誰都是戴著面具在這個世上活下去的（連續出場・第四次）。

本書也是多虧了給予許多某種東西的各位才得以出版。初版時提供了很有衝擊性的女主角設計的どまそ老師與設計師BEE－PEE、新裝版推出時替作品畫了妖媚又帥氣的女主角的森井しづき老師，總是會提供許多對人來說很重要的事物的責編土屋智之先生、平井啟祐先生，以及既是初代責編也是免費素材的湯淺隆明先生，還有許多數之不盡的人，真的非常感謝各位的協助。最後，也要向為了閱讀本書而出資了人生一部分的各位讀者致上深深的感謝。

野崎まど

© Mado Nozaki 2019

[影]AMRITA
野崎まど

[movie] Amrita
Mado Nozaki

第16屆電擊小說大獎・MEDIA WORKS文庫獎得獎作！
一窺《2：從0開始》中的天才導演・最原最早的起點——

[影]AMRITA

野崎まど／著　黛西／譯

隸屬藝大電影社團的二見遭一，決定參加由傳聞中的天才，超有名的新生最原最早親自執導的自製電影。二見被她的劇本深深吸引，即使拍攝過程中逐漸得知真相，基於對劇本及最早的好奇心，讓他仍無可自拔地陷入其中。然而在電影完成後，「某起事件」竟揭發了最原隱藏在電影中的那個祕密——

定價：NT$280/HK$93

當真相揭露，極致之作完成，
——神將降臨！

2 終結於 2

野崎まど / 著　蘇文淑 / 譯

第一次接觸《2》的劇本，數多整整兩天被攫住心神，不眠不休地讀著。異樣的體驗讓他確信，《2》不是一部普通電影。但電影開拍後，身為男主角的數多在片場讓導演頻頻喊卡，因而依照指示去上「演化論」課程。看似與拍戲完全無關的安排，其實暗藏《2》的精髓？

定價：NT$200/HK$60

國家圖書館出版品預行編目(CIP)資料

舞面真面與面具少女 / 野崎まど著 ; 黛西譯 .
-- 一版 . -- 臺北市 : 臺灣角川股份有限公司 ,
2022.02
面 ; 公分
譯自 : 舞面真面とお面の女
ISBN 978-626-321-220-6(平裝)

861.57 110021372

舞面真面與面具少女

原著名＊舞面真面とお面の女 新裝版

作　　者＊野﨑まど
插　　畫＊森井しづき
譯　　者＊黛西

2022年2月24日　一版第1刷發行

發 行 人＊岩崎剛人
總 編 輯＊呂慧君
主　　編＊李維莉
美術設計＊李曼庭
印　　務＊李明修（主任）、張加恩（主任）、張凱棋

台灣角川

發 行 所＊台灣角川股份有限公司
地　　址＊104470台北市中山區松江路223號3樓
電　　話＊（02）2515-3000
傳　　真＊（02）2515-0033
網　　址＊www.kadokawa.com.tw
劃撥帳戶＊台灣角川股份有限公司
劃撥帳號＊19487412
法律顧問＊有澤法律事務所
製　　版＊尚騰印刷事業有限公司
I S B N＊978-626-321-220-6